Frankfurter Kranz. Erinnerungen an kindliches Staunen, Ängste, Lausbubereien. Sie bleiben, bleiben für immer. Wie ein niemals verblassender Hintergrund wagen sie sich beständig aus der Kindheit in neuere Zeit. Wie das Pony, das ›bis zehn zählen konnte‹, wie der Engel, der ›über der Christmette schwebte‹ oder ein österlicher Frankfurter Kranz, der zwei Mal belegt werden musste, weil plötzlich die Krokantverzierung verschwunden war. Aber auch das singende Quietschen einer schwebenden Bahn, das sich im Kopf eines Sechsjährigen, der, wenn er Angst hatte, unter den Tisch kroch, auf immer verfangen hatte.

Ulrich Schulz, geboren 1946 in Darmstadt, beginnt im Alter zu schreiben und begibt sich mit *Frankfurter Kranz* auf seine erste Erzählreise. Der Autor, der mit siebzehn das Gymnasium ›schmiss‹ und als Lehrling auf den Bau ging, studierte in Höxter und Kaiserslautern Hochbau und Architektur und arbeitete bis zum Eintritt in den ›Unruhestand‹ als Ingenieur im freiberuflichen sowie im öffentlichen Bau- und Planungsbereich.

Ulrich Schulz

Frankfurter Kranz

Erzählung

Bibliografische Information der Deutschen Natio-
nalbibliothek:
Die Deutsche Nationalbibliothek verzeichnet diese
Publikation in der Deutschen Nationalbibliografie;
detaillierte bibliografische Daten sind im Internet
über http://dnb.dnb.de abrufbar.
© 2024 Ulrich Schulz
Korrektorat: Ulrike Schulz
Herstellung und Verlag: BoD – Books on Demand,
Norderstedt
ISBN: 978-3-7583-3130-5

Welch schöne Kindheit
bei Oma Luise und Opa Samuel

1

Oma Luise schmunzelt: »Vielleicht bekommen wir noch Besuch heute«, zieht behutsam den geblümten Vorhang des Küchenfensters zur Seite und wischt mit dem Ärmel ein wenig die beschlagene Scheibe frei. Als wäre draußen in der nasskalten Dämmerung noch etwas zu erkennen. Nur ein paar einsame Schneeflocken zeigen sich und wehen still in die schwach beleuchtete Gasse.

Noch nicht überall flackern wieder Gaslaternen an ihrem angestammten Platz, sieben Jahre nach dem großen Krieg.

»Ich glaube, heute Abend kommt noch Besuch« wiederholt Oma, »ein sehr hoher«, während sie sich zu mir umdreht und mich anlächelt.

Wie er wohl durch die Tür passt, stelle ich mir vor, wenn er doch so hoch ist.

So einer wie ich würde noch lange durch die Tür passen, hat Opa Samuel mich schon oft geärgert, »ein Dreikäsehoch wie du reicht heute gerade bis zum Schlüsselloch.«

Nein, bis über die Türklinke, das weiß ich genau und die lasse ich jetzt nicht aus den Augen. Immer wieder werde ich hinsehen, bis der Griff sich senkt, bis die Tür sich öffnet und der hohe Besuch geduckt hereinkommt.

Und der hohe Besuch kommt. Oma hört es zuerst, hält ihr Ohr an die Wohnungstür und lauscht, sieht mich an und nickt.

Jetzt höre ich es auch, wie es poltert und rumpelt, als würde jemand schwer beladen das Treppenhaus hinaufstolpern.

Immer lauter schallt es jetzt herauf in unseren dritten, unseren obersten Stock. Wenn der Gast so hoch ist wie er poltert, denke ich mir, wird er sich ordentlich bücken müssen.

Jetzt musst du auf die Klinke achten, wenn sie gedrückt wird und der hohe Besuch endlich zu sehen ist.

Nun müsste er da sein, jetzt hört man die Schritte direkt vor der Wohnungstür, und Schnaufen, lautes Schnaufen.

Ganz langsam bewegt sich die Klinke, ganz langsam öffnet sich die Tür und dann …

… ein langer roter Mantel, ein langer weißer Bart, und …

»Hoh-hoh-hooh!«

Ich verschwinde bibbernd unter dem Küchentisch und luge ängstlich zwischen den Stuhlbeinen hindurch.

»Schau mal, was dir der Nikolaus gebracht hat!«

»N e i n!!«

»Es ist ein Weihnachtsmann, ganz aus Schokolade!« Oma und Opa, die mich die Woche über hüten, geben sich alle Mühe, mich hervorzulocken.

Doch der kleine Angsthase, »in drei Wochen bist du sechs«, bleibt in seinem Bau und wundert sich, dass der Nikolaus so kleine Füße hat und Mutters Schuhe trägt.

Hier in der Benzstraße in Wuppertal, wo das Rollen und Quietschen der Schwebebahn allgegenwärtig ist, weil die Wupper darunter einen großen Bogen nach Süden schlägt und nur ein paar Steinwürfe entfernt ist, wo die Tauben gründerzeitlich und bis heute auf den Fenstergiebeln gurren, während unten ein Gaukler mit Geige und zotteligem Pony, das vorderhufig ›bis zehn zählen kann‹, die Straße hinaufkommt, sind die Großeltern zu Hause, hat meine Mutter, Lieselotte, die Jugend verbracht und ich ein gutes Stück meiner frühesten Kindheit.

In der Mitte der Straße fehlt ein Haus, türmen sich Bombentrümmer. Es stinkt nach faulem Holz.

»Dass du mir da nicht reingehst«, höre ich immer wieder, wenn ich hinaus will. »Spiel auf dem Trottoir!«

Aber erst einmal will der Angsthase sowieso nicht aus dem Haus, nach dem Nikolausabend. Könnte ja sein, dass ihm der hohe Besuch noch einmal begegnet und drückt sich neben die Oma am Küchentisch. Hier fühlt er sich geborgen, hier gibt es keine Angst.

»Ulli, auch deine Mutter war mal klein, so klein wie du.« Oma rutscht ein wenig zurück, greift auf den Knauf der Tischschublade und zieht diese langsam heraus. Ich stelle mich auf die Zehenspitzen.

»Aber ängstlich war sie nie und sie war ein fröhliches Kind«, lächelt sie ruhig, nimmt ein ovales handgroßes Bild aus der Schublade und reicht es mir.

Ein Mädchen mit einem Kinderbuch unter dem Arm, in einem bestickten Kleidchen, geschnürten hellen Stiefelchen und mit einer großen Schleife im Haar, vor einer Zimmertür mit matt glänzendem Griff.

Das Mädchen auf dem Bild lächelt verlegen, wie man eben lächelt mit fünf Jahren, wenn man vor einem Fotografen steht, der, groß und wichtig, über einem kastenartigen Apparat ein Blitzpulver abbrennen lässt.

»Es ist deine Mutter«, flüstert Oma ganz leise, als wollte sie ihr eigenes Kind in dieser Pose nicht erschrecken.

Opa Samuel sitzt in seinem Sessel, dem einzigen in der kleinen Wohnung, zwischen Vertiko und Chaiselongue. Die Hände ruhen auf den hölzernen Lehnen des Fauteuils. Er lauscht, schaut ins Leere. Heute ist sein freier Tag, weil er am Sonntag wieder Dienst hat und mit Fliege und Schrittzähler in einem Restaurant bedienen muss.

Er hätte auch schon mal dem Kaiser serviert, früher als Soldat in seinem Regiment. Hoch zu Ross sei der Kaiser damals gekommen zu Besuch bei seiner Truppe, glaubt Oma die Geschichte zu kennen, als sie sieht, dass ihrem Samuel die Augen zugefallen sind. Der hätte es bestimmt viel besser erzählen können, meint sie.

Ja, zu gerne hätte ich doch gewusst, was der Opa dem Kaiser gebracht hat.

Gänsebraten?

Oder einfach nur Himmel und Erde aus Kartoffelbrei und Äpfeln, mit Zwiebeln, leicht geröstet.

Herrlich!

Oma nickt: »Morgen Mittag!«

Himmel und Erde gab es oft, meistens samstags, wenn es zum Wochenende dann wieder Richtung Eltern ging, in die Rheinstraße, mit Teddy und Lieblingsschlafanzug im kleinen Gepäck, als Wanderer zwischen zwei Welten, Kinderwelten.

So auch an jenem Samstag vor Ostern dreiundfünfzig, als ein Junge von bald acht Jahren in die Benzstrasse hineinläuft, noch auf den Bordsteinen auf und ab springt, bevor er schnurstracks den richtigen Hauseingang ansteuert und Sturm klingelt.

Mein Bruder.

Klaus klingelt immer Sturm, wenn er mich am Samstagnachmittag abholen soll, springt mehrmals hoch, um an die oberste Klingel zu kommen und draufzuschlagen, für die Wohnung im letzten Stockwerk.

Dort öffnet sich ein Fenster und der Rotschopf winkt herunter.

»Klaus, ich komme!«

Welch schöne Kindheit bei Oma Luise und Opa Samuel.

»Aber alles hat seine Zeit!«

Vaters Kommentare sind kurz. Wir Kinder verstehen sie kaum. Seit fast einem Jahr sehen wir ihn nur am Wochenende. Spät am Abend kommt er dann nach Hause, mit der letzten Bahn aus Nordhorn, schachmatt.

»Vati, was machst du da in Nor … Nord …?«

Vater reibt sich müde die Augen, »Nordhorn, Ulli, es heißt N o r d h o r n.«

»Und was machst du da die ganze Woche, in N o r d h o r n?«

»Färben, mein Söhnchen, ganz viele Stoffe färben, mit großen Maschinen, in einer ganz großen Fabrik.«

In einer Fabrik mit ganz hohen Schornsteinen, male ich mir aus.

»Kannst du auch so einen Stoff färben?«, und greife auf mein Hemd. »Mit blauen und mit roten Streifen und diesen hier, den gelben?«

Vater streicht mir über den Kopf, »in allen Farben, die du dir denken kannst.«

Kann ich, meine Klicker haben auch alle Farben, die ich mir denken kann.

»Spart ihr schon mal für den Umzug!«, ermahnt uns Vater mit einigem Zwinkern. Er hat endlich eine feste Anstellung.

»Ich gebe mein Sparschwein«, flüster ich artig.

»Du bist ganz schön dumm«, lästert mein großer Bruder. »So ein Schwein schlachtet man nur in der allergrößten Not.«

»In der Not frisst der Teufel Fliegen, hat Opa Samuel gesagt.«

»Und, siehst du eine?« Klaus hat sich auf Mutters Küchenschemel gestellt und zeigt in die Luft.

»Nein!«

»Eben«, lacht er. »Hat der Teufel alle gefressen und die Not ist vorbei«, springt vom Hocker und verschwindet nach draußen.

Denn Klaus ist ein lebendiger Wirbel, das Gegenteil von seinem kleineren Bruder, den er am besagten Ostersamstag wieder an die Hand nimmt und, wohl zum letzten Mal, von der Benz- in die Rheinstraße führt.

»Und nicht vergessen, für den Osterhasen das Nest aufzustellen«, so wie immer werde ich von der Oma noch mal fest gedrückt, nehme mein Bündel mit Pyjama und Teddy in die linke, den Schokoladenweihnachtsmann, »Ulli hebt alles auf«, in die rechte Hand und laufe das Treppenhaus hinunter.

»Ulli, wo bleibst du denn?« höre ich schon, als ich kaum unten bin. Klaus hat es immer eilig.

Vor der Haustür höre ich Pferdehufe.

»Das Pony, da kommt wieder das Pony!« rufe ich, »mein Pony, das bis zehn zählen kann!«

»Ein Pony kann gar nicht zählen«, lacht mein Bruder, »höchsten bis drei, so wie du!«

»Bis z e h n!! Ich hab' s gesehn, hier hat' s gestanden, hier vor der Tür!«... und dicke Tränen kullern. Das Hufgeklapper kommt näher, wird lauter, bis ein hölzernes Gefährt in die Gasse einbiegt. Der Milchwagen, mit einem müden Klepper davor.

Der Heimweg gestaltet sich schwierig heute. Klaus hat den Auftrag, mich fest an der Hand zu nehmen. Nur welche. Rechts mein Teddy im kleinen Gepäck und links mein Schokoladenweihnachtsmann, den ich fest umklammert halte.

»Wenn du zu sehr drückst, dann läuft er dir weg«, macht mir mein Bruder klar.

»Wohin?«, frage ich.

Klaus hat seinen Spaß, übernimmt links den kleinen Nikolo und rechts den kleinen Bruder.

»Brr – brrr.« Der Milchbauer hält an, ein letztes Mal für heute, lässt sein Pferd noch einmal verschnaufen und schaut zu den Fenstern hinauf. Doch zu dieser Zeit, am frühen Samstagnachmittag, kommt niemand mehr herunter und aus mancher Wohnung dringt schon der Duft von frisch gebrühtem Kaffee.

Auch die Schwebebahn ist nur noch schwach zu hören. Ein lauer Wind dünnt die Geräusche aus, mutiert das Schleifen der Räder zu leisem Gesang.

Schließt man die Augen, hört man vielleicht eine Geige, ganz leise, und sieht einen Gaukler vor seinem Pony, wie er sanft musiziert.

G-Dur. Adagio. Mozart.

Inzwischen hat der Schokoladenweihnachtsmann mit seinen fürsorglichen Paten einen guten Teil des Weges geschafft und gibt sich trotz der Wärme alle Mühe, seine Figur zu halten. Wenn da nicht plötzlich jemand »Hallo Klaus!« gerufen hätte.

Die zügige Heimkehr gerät ins Stocken. Eine Gaststätte. Die Eingangstür steht weit offen. Man kennt sich.

Mein Bruder lässt mich los, überlässt mir wieder meinen Schoko-Niko, droht mir lachend mit der Hölle, würde ich es wagen, mich vom Fleck zu bewegen und verschwindet im Gejohl.

Als Mutter später erstaunt ist, dass wir so lange unterwegs waren, sage ich besser nichts. Das mit der Hölle hat mich doch sehr beeindruckt.

Aber eines habe ich auf diesem Heimweg auch verstanden: Ein Schokoladenweihnachtsmann will nicht ins Osternest. Er läuft vorher weg.

Nicht so Mutters Ostertorte. Frankfurter Kranz. Der bleibt. Kühlgestellt zumindest bis zum Ostersonntag. Am Samstagmorgen als Biskuit gebacken, zart mit Buttercreme bestrichen und gefüllt, zum

Schluss noch dicht belegt mit klein gehackten Mandelstückchen, die, gut durchgeröstet und, ganz wichtig, mit feinem Zucker karamellisiert sind.

So liegt der feine Duft gebrannter Mandeln noch lange in der Luft und kündigt an, welch schöne Torte den Ostertisch bereichern wird, wenn ..., wenn es nicht auf einmal so still geworden wäre.

Die Brüder, die sich eben noch ein Rennen um den Küchentisch herum geliefert haben, sind im Nebenraum verschwunden. Das Schlafzimmer. Der kühlste Raum. Die fertige Torte.

Mutter ahnt nichts Gutes.

»Kommt ihr beide mal da raus!«

Mit gesenktem Kopf wagen sich die zwei durch die Tür.

»Und jetzt die Hände nach vorne!«

... Buttercreme und Mandelkrokant!

2

»Jetzt beginnt der Ernst des Lebens«, weiß Mutter stets zu scherzen, wenn etwas Schönes, etwas Großes geschieht, wie mehrere Jahre später. Denn wenige Tage nach dem ersten Schritt des Menschen auf den Mond kommt Ulrike auf die Welt, auf unseren Planeten, und ist Heidis und mein ganzes Glück.

Jedoch bei der Taufe fehlt einer, ist immer unterwegs. Mein großer Bruder. Als Elektronikspezialist bereist er den halben Globus.

Beim ersten Osterfest unserer jungen Familie ist es lausig kalt und von Frühling keine Spur.

Aber unsere Dachmansarde in Paderborn, mit zwei kleinen Zimmern für achtzig Mark im Monat, ist mollig warm. Zwei Kohleöfen, gut gefüllt mit einigen Briketts, heizen, dass die Rohre glühen. Ulrike sitzt im Laufstall, hat von der Wärme rote Backen und an der Nase Buttercreme. Unsere Ostertorte. Frankfurter Kranz.

Mit einigen handwerklichen Übungen hatten wir unser Domizil in der Ebertstraße wohnlich gemacht. Hatten die alten Holzdielen blank gewienert, bis der Rücken um Hilfe rief, die Wände abgeschrubbt und neu geweißt und vom Trödler altes Möbel herangekarrt und brauchbar renoviert.

Doch unser Schmuckstück ist ein Schränkchen aus der Gründerzeit, ein Erbstück aus der Benzstraße, zugleich meine Erinnerung an eine behütete Kindheit, an Opa Samuel mit seiner Geschichte vom Kaiser, an Oma Luise am Küchentisch und den kleinen Angsthasen darunter, der sein Fell auch nicht ganz dort gelassen hat.

In unserer stolzen Mansardenresidenz soll die kleine mahagonifarbene Kommode natürlich einen bevorzugten Platz bekommen. Vielleicht vor einer Wand mit floral gemusterter Tapete in sepia und braun.

Wir werden fündig.

Drei Bahnen breit und passend im Rapport. Das reicht, weil nicht ganz billig, sofern man richtig gemessen hat.

»Na ja, hier kommt ja auch noch dein Kommödchen davor.«

Mit unserer Kleinen auf dem Arm, die erst mal einen Quieker tut - lacht sie mich an oder aus – besieht sich Heidi das Ergebnis, als die letzte Bahn geklebt war: Unten fehlen dreißig Zentimeter!

Wie peinlich für den Ingenieur in spe, nach fünf Semestern Hochbau an einer Lehranstalt, altehrwürdig und profund, in Höxter. Der sollte doch wissen, dass ein Meter hundert Zentimeter hat, auf dieser Erde.

Ist man ein Kind noch, träumt man vielleicht von ferneren Planeten, will hoch hinauf zum Mars oder Merkur im smarten Dress, zwischen funkelnden Sternen und munteren Reflexen auf goldenem Visier.

Was war dagegen schon ein Lokomotivführer mit schwarzer Mütze und verrußtem Gesicht auf einem dampfenden Stahlross. Und doch träumte so mancher Junge davon, als die qualmenden Loks noch unterwegs waren.

Aber er träumte auch von den Spielzeuglokomotiven, den kleinen, der elektrischen Eisenbahn.

Vielleicht brachte das Christkind ja eine. Dann war so mancher Vater nach dem Fest im Einsatz, schnitt eine Holzplatte zurecht, groß genug für das erste Streckennetz im Keller, rührte aus Papier und Kleister das Pappmaché für Tunnel und Gebirge und gab der Evolution freien Lauf.

»Wo ist denn nur die Zeitung von gestern, dieses Kinoprogramm für nächste Woche!« Die Mutter des kleinen Lokführers interessierten die Leinwandlieblinge sicher mehr als die Tunnel und Gebirge in der Waschküche. Doch das Bergmassiv aus Kleister und Zeitungspapier hatte wohl längst ihre Filmhelden verschlungen.

Ende der Fünfzigerjahre ist die elektrische Eisenbahn der Renner. Mein Bruder bekommt seine zum zwölften Geburtstag und darf sie auf dem Dachboden aufbauen. Unser Reihenhaus in Nordhorn. Die neue Heimat.

Tischlerplatte auf zwei Böcken, mittig unter dem niedrigen First, »pass auf, der Kopf!« Es reicht.

Die Hitze, die durch die Dachziegel drückt, es ist Ende Juli, kann die Begeisterung für die neue Bahnanlage nicht nehmen. Es sind die letzten Ferientage im Sommer siebenundfünfzig.

Mit dem Drehtransformator, den er polig richtig angeschlossen hat, ist Klaus der Lokomotivführer. Mein großer Bruder kennt sich schon gut aus mit Watt und Volt und all diesen kribbeligen Sachen, die eine Bahn elektrisch machen.

»Und du bist der Bahnhofsvorsteher!«, ergeht an mich die Order. Nur sehe ich keinen Bahnhof, aber mein letztes Taschengeld dahinschmelzen.

»Ulli, hast du noch …?«

Ich schwanke, kann höchstens was drauflegen.

Drei Mark fünfzig kostet die Station, als Bausatz im Karton.

»Ja, Karton!« das ist das Stichwort. Denn ich brauche einen Karton. Am besten einen Schuhkarton. Den Bahnhof kann man ja selber machen.

Ich renne vom Speicher in den Keller. Im Vorratsraum werde ich fündig. Zwischen Krautkonserven und Karotten ein alter Schuhkarton mit Zwiebeln. Die müssen raus. Den Boden brauche ich. Herausgeschnitten, dreimal geknickt, zweimal geklebt, mit großem Tor nach vorne. Nach hinten eine Rampe für den Viehtransport, für Schweine, Ochsen, Rinder. Nun noch ein Streifen rote Pappe für das Dach und fertig ist die neue Station.

»Und wo ist die Bahnhofsuhr?«, fragt mein Bruder, dem das Ganze nicht geheuer ist.

»Das ist ein Viehverladebahnhof«, sage ich, »eine Kuh kann doch nicht lesen!«

Da rauscht auch schon ein Zug heran. Ein langer Güterzug mit Gemüsewagen und Viehwaggons kommt vor dem neuen Bahnhof zum Stehen. Es riecht nach Zwiebeln, es grunzt und gackert. Ein kleines Hühnchen befreit sich aus dem Zug und flattert über das Gleis.

»Das ist ja eine Motte!«, macht mein Bruder meine Fantasie zunichte und dreht den Traforegler erneut nach rechts, damit der Zug wieder ins Rollen kommt.

Und aus der ›Bahnhofskantine‹ strömt ein würziger Duft, begleitet vom Zwölfuhrgeläut der nahen Kirche.

»Wir wollen dann auch essen!«, ruft unsere Mutter nach oben und rührt noch einmal in der Pfanne. Geschmorte Zwiebeln auf Kartoffelpüree und Sauerkraut mit Rippchen.

Und die macht sie immer freitags. Mutter ist gefordert, denn Freitag ist Putztag. Und das Essen muss ja auch noch auf den Tisch. Und in die Henkelmänner, rechtzeitig. »Ulli, bringst du noch schnell dem Vati das Essen ans Fabriktor!«

Da hat der Chef vom Viehverladebahnhof sofort die Rampe zu verlassen und seinen Drahtesel in Trab zu setzen.

Der große Henkelmann mit Sauerkraut und Rippchen links, die Zwiebeln auf Püree im kleinen Henkelmännchen rechts am Lenker.

So geht es von der Königsberger Straße zur Fabrik ganz zügig um drei Ecken. Bis kurz vor dem Ziel. Kopfsteinpflaster. Das müssen die Henkelmänner durchstehen. Und es kann auch noch schlimmer kommen, so wie heute.

Ich höre es schon. Das Warngeläut. Vor dem

Werksgelände der Bahnübergang, der mich nicht mag. Komme ich ihm näher, lässt er die Schranken herunter.

Aber es hastet kein Schnellzug vorüber. Eine Rangierlok tuckelt gemütlich heran. Und rangiert und rangiert. Güterwagen von links nach rechts, vielleicht mit roher Baumwolle. Güterwagen von rechts nach links, vielleicht mit schicken Mänteln, Popeline und modisch up to date, zumindest die Stoffe dafür.

Und so rollen noch manche Baumwollmeter vorbei, nur nicht die Rippchen nun endlich über den Bahnübergang.

Vater wird schon warten, der Pförtner müsste längst angerufen haben, wenn nicht die obligate Sicherheitsabfrage, nachdem die Rippchen endlich am Fabriktor sind, die Übergabe des Menüs noch einmal in Frage stellen würde.

Obwohl der Portier mich schon lange kennt, fragt er erneut »Ulli, wie heißt denn dein Vater mit Vornamen?«

»Herbert«, sage ich. Im Ganzen Herbert Franz August, das weiß ich, nach seinen Vorfahren. Aber das muss der Mann im grauen Anzug nicht wissen, um einen schwarzen Hörer abzunehmen, drei Ziffern zu wählen und dem Färbermeister durchzugeben, dass sein Sohn das Mittagessen gebracht hat.

Eigentlich könnte ich jetzt wieder gehen, das Essen in der Pförtnerloge abstellen und mich auf mein Fahrrad schwingen. Die Mutter wartet. Aber da haben wir unser Ritual, mein Vater und ich.

Er wird kommen, wird die Henkelmänner in die linke Hand nehmen, wobei er fragt, was es heute gibt, wird mir mit der rechten Hand über den Kopf streichen und fast wortlos, aber lächelnd, wieder in die Fabrik zurückgehen.

3

Zu großen Reden und Umarmungen hatte unser Vater nie geneigt. Doch als Mensch hatte er Größe, war empfindsam, hatte aber auch Ängste. Er zeigte sie kaum.

Neben Margot, seiner Schwester, musste er oft zurückstehen. Margot war dominant.

Vielleicht kam sie ein wenig nach dem Großvater, einem kaiserlichen Offizier in stolzer Uniform, dessen Gemälde über dem Klavier hing, in der elterlichen Wohnung in Wuppertal.

Wie fühlte Vater als junger Mann, wenn er dort unter den kritischen Blicken seiner Schwester ein neues Stück probierte. Beethoven. *Für Elise.*

Für Liese ... für Lieselotte? Es läutet an der Tür. »Bruderherz!«, ruft Margot nach hinten. »Eine junge Dame möchte dich sprechen.«

An jenem Wochenende im April achtunddreißig, als Mutter sich vor dieses Haus wagt, ist es kühl und regnerisch. Da konnte es Stein und

Bein regnen. Wenn sie sich etwas vorgenommen hatte, ging sie es meistens an.

Und heute geht sie es an. Herbert! Gerade mal vierzehn Tage ist es her, dass sie ihn gesehen hatte, drüben im Tennisheim.

»Lotti, komm mal mit«, hatte eine Freundin gesagt. »Wir sind eine nette Runde.« Aber Tennis, redete sie sich ein, das ist niemals was für mich.

Doch Lieselotte, zwanzig Lenze jung, fasst sich schließlich ein Herz, geht mit und verliebt sich Hals über Kopf, in Herbert.

»Der hat ja bald Geburtstag, in zwei Wochen«, verkünden die Tennisfreunde. »Einen halben Fünfziger hat er, die andere Hälfte hat die Schwester, sind doch Zwillinge« und freuen sich schon auf die nächste Feier. Dass sich da außerdem etwas anbahnt, ist der Runde nicht entgangen.

Und so steht nun Lieselotte vor der Tür, in der Reichsgrafenstraße, durchnässt, die Frisur dahin, ein Sträußchen Osterglocken als Geburtstagsgruß und der Puls geht forte bis fortissimo.

Dann kommt der Moment, den man kennt, wenn man zaghaft auf eine Klingel drückt, wenn man vorher noch mal tief durchgeatmet hat, wenn die Geräusche hinter der Tür erst leiser und dann lauter werden, weil sich endlich jemand nähert und das Herz nun bis zum Halse schlägt.

Was werde ich sagen, hoffentlich verhaspel ich mich nicht. Das Klavierspiel, das eben noch zu hören war, ist verstummt.

Es war Herbert, das weiß ich. Jetzt wird er an die Tür kommen. »Herbert«, werde ich sagen, denn im Clubhaus hatte er mir das ›du‹ angeboten. »Wir sind hier alle per du«, hatte er gesagt.

»Herbert«, werde ich zu ihm sagen. »Ich möchte dir zu deinem Geburtstag …!«

»Mit eurer Tante Margot bin ich nie wirklich warm geworden«, hat uns Mutter später mal erzählt. »Als sie mir damals die Tür geöffnet hatte, groß und erhaben, war ich ziemlich erschrocken und musste mich erst wieder fangen.«

Doch Lieselotte fängt sich wieder, und ihren Herbert. Nach vier Jahren Freundschaft trauen sich beide, sich zu trauen. Mein Bruder und ich lassen nicht lange auf sich warten und trauen sich auch bald hinzu.

»Erinnerungsstücke aus der Reichsgrafenstraße habe ich keine mehr«, sagt Vater später mit Wehmut und Tränen in den Augen. »Der Krieg hatte uns alles zerstört.«

Aber gibt es nicht doch noch eines?

Bis in die Königsberger Straße hatte sich tatsächlich noch ein Gegenstand gerettet. Dort im Keller, eingezwängt zwischen Schaufeln und Harken, ein alter Tennisschläger, verzogen und verkratzt.

»Das war mein Schläger, als ich eure Mutter kennengelernt habe«, erklärt uns Vater. Wir Kinder sind beeindruckt.

»Dass der den Krieg überhaupt überlebt hat«, Vater nimmt das ramponierte Stück und streicht über die Saiten. »Rinderdarm«, sagt er. »Die sind noch richtig aus Rinderdarm!«

»Igitt, und damit hast du wieder gespielt?«, haken wir nach.

»Als euer Vater endlich wieder zu Hause war, nach dem Krieg, da hatte er keinen Tennisball mehr in der Hand, da hatte er euch!« Vater lacht verlegen und das verstaubte Racket verschwindet wieder zwischen Schaufeln und Harken.

Über die Zeit in Wuppertal erzählt unser Vater selten etwas. Auch jetzt nicht viel. Warum liegt ihm so wenig an diesem Erinnerungsstück. War er kein guter Spieler damals? Dabei wäre das alte Sportgerät beinahe gar nicht mitgekommen und hätte den Umzug von der Wupper an die Vechte in Nordhorn fast verpasst, im Frühjahr dreiundfünfzig, drei Tage nach Ostern.

Als die Möbelpacker die Türen des Umzugsautos schließen wollen, nachdem Mutter, mein Bruder und ich uns hinten auf der Ladefläche für die Mitfahrt eingerichtet haben, zwischen vollgestopften Kartons und muffigen Schrankrückwänden, lehnt Vaters alter Tennisschläger noch immer an der Hauswand.

Vielleicht tut ihm die frische Luft nicht gut, nach Jahren einsamen Verweilens in einem kalten Kellerverließ: Eine Saite reißt. Es ist nicht zu überhören.

Der Schläger darf noch mit.

»Wenn Sie mal rausmüssen, dann klopfen Sie rückwärts ans Führerhaus!«, ruft Paul, einer der beiden Möbelpacker, als er mit seinen weißen Handschuhen noch Vaters alten Schläger vorsichtig auf die Ladefläche hinaufreicht, in Mutters Hände.

»Ist doch keine Stradivari!«, lacht sie den Umzugsmann an und befördert das betagte Sportgerät mit Schwung nach hinten.

Aber dort sitzen ja wir, mein Bruder und ich, dicht an dicht, wie Sardinen in der Dose. Es geht gerade noch mal gut! Doch Mutter ist zu bewundern. Gestern noch der Abschiedsmarathon in ihrer alten Firma, Textilien en gros, »da war ich schon als Lehrmädchen vor über zwanzig Jahren,«

hat sie heute nun allein den Umzug zu meistern. Vater ist längst wieder in der Fabrik.

Seit sechs Uhr morgens schleppt Paul mit seinem Helfer Erwin unsere Möbel. Und ständig mit zwei Knirpsen vor den Beinen. Dem kleinen mit seinem Teddybär, »Ulli, nächste Woche kommst du in die Schule, in Nordhorn, da pass auf, dass dein Teddy nicht aus der Schültüte guckt!« und dem großen, der alles wissen will, besonders, wo die Möbel für sein Kinderzimmer verstaut worden sind.

»Die sind doch hoffentlich alle im Anhänger«, ruft Paul und grinst. »Schaut, dass wir ihn nicht vergessen!«

Prüft noch die Bremsleuchten und Rücklichter und ruft unserer Mutter zu, dass einer der beiden Jungs auch noch vorne auf dem Beifahrersitz Platz hätte. In Coesfeld könne getauscht werden, nach halber Strecke. Dort bekäme man auch eine gute Bockwurst, wüsste er, mit ganz viel Senf.

Kaum hat er es gesagt, setzt das große Rennen ein. Wer ist als erster am Führerhaus. Klaus hat den Vorteil der längeren Beine, aber den Nachteil, dass der alte Tennisschläger sich just in seiner Laufbahn verkeilt hat, zwischen zwei sperrigen Kartons. Und mir ist unsere Stehlampe im Weg. Das Rennen wird zum Hindernislauf.

Mutter rauft sich die Haare, »wir müssten hier längst weg sein, es ist halb eins!«

Aber Paul, der die beiden Sportler in sein Herz geschlossen hat, breitet seine kräftigen Arme aus, hält die Brüder auf, bevor sie von der Ladefläche stürzen und kramt zwei Streichhölzer aus seiner Hosentasche.

»Es wird gelost«, entscheidet er. Pinnchen ziehen. Kurzes Holz, langes Holz, lang gewinnt!

»Wer zieht?«

»Zieh du«, sage ich zu Klaus, der längst die Finger auf den Hölzchen hat. Mein Bruder zieht ...

... kurz!

»Na, dann komm mal mit nach vorne«, Paul sieht mich vergnügt an, hilft mir von der Ladefläche herunter und hinauf ins Führerhaus.

4

»Komm, wir gehen auch mal ganz nach vorn,« Ulrike zupft mich am Ärmel.

Wir sind auf der Fähre von Staten Island nach New York, vorbei an Brooklyn, vorbei an der Statue of Liberty, im Frühjahr zweiundneunzig. Das Geschenk zum Abitur wird endlich eingelöst. Vater und Tochter in New York!

Ganz vorne auf den Bug stellen wir uns, breiten die Arme aus und halten gegen den Fahrtwind.

Nur noch Wasser vor uns und die Skyline von Manhattan. Das Motorengeräusch und die Schiffssirenen der ein- und ausfahrenden Boote sind wie Musik.

Alles verschwimmt ineinander in einem Gefühl von Freiheit und Glück und Gelassenheit.

Schließe ich halb die Augen, verändert sich das Bild. Helle Wolken, die eben noch unter leuchtendem Blau vorbeitanzten, werden dunkler und verschwinden. Die Skyline wird zum Schattenriss.

Schließe ich die Augen ganz, wandelt sich das

Dröhnen des Schiffsmotors und im Kopf meldet sich wieder das Dieseln, jenes gleichmäßige Geräusch, das sich im Gedächtnis eingegraben hat.

Der Möbelwagen auf unserer Fahrt nach Nordhorn, dreiundfünfzig, in unsere neue Heimat, zu unserem neuen Domizil.

Und während unsere Fähre noch ein paar Meilen dahingleitet, wird mir der Umzug noch einmal lebendig, stiehlt sich noch einmal aus der Kindheit.

Wie ich hoch oben im Führerhaus sitze, mit meinem Teddybär in den Armen, und zittere wie die Motorhaube.

Fast im Takt bibbert er mit, der kleine Angsthase, eingezwängt zwischen zwei Möbelpackern, die, mal der eine, mal der andere, die schützende Hand auf die Schultern ihres sechsjährigen Passagiers legen, als das Umzugsauto Wuppertal verlässt, mit der Rheinstraße, wo der Frankfurter Kranz zwei Mal belegt werden musste, der Benzstraße, wo Oma Luise und Opa Samuel einen Angsthasen zu hüten hatten und ein musizierender Gaukler mit seinem ›klugen‹ Pony die Gasse unterhielt.

Wo die quietschende Schwebebahn uns noch eine Weile stadtauswärts begleitet, mit allen Möbeln und Erinnerungen, bis das Schleifen der Bahn leiser wird, sich schließlich im Straßenlärm verliert und die Wupper hinter uns liegt.

»Bei Mettmann fahren wir ab auf die Autobahn«, erklärt Erwin, mein Schutzpatron auf der Beifahrerseite.

Lautes Hupen fährt uns in den Nacken!

Die Schiffssirene!

Ein kleines Kajütboot mit schlaffem Segel trudelt backbords auf unsere Fähre zu.

Mit großem Glück gibt es kein Unglück. Das Bötchen schafft es geradeso, uns auszuweichen. Wir atmen durch.

»Mettmann«, sage ich halblaut für mich, weil mir unser Umzug sofort wieder einfällt.

»Wieso Mettmann?«, meine Tochter schaut mich an. »Wo bist du mit deinen Gedanken? Der Segler kam von Ellis Island, die Insel da vorne. Da war früher einmal Amerikas Einwanderungsstelle. Ein Ort der Tränen für die, die nicht rein durften. So steht es hier bei mir im Reiseführer.«

»Mettmann! Bei Mettmann auf die Autobahn.«

»Mit dem Schiff!? Wir sind hier auf dem Hudson River, und wenn wir an der Insel der Tränen vorbei sind, ist es ja nicht mehr weit bis zum Fähranleger in Manhattan. Dort gab es doch so gute Donuts heute Morgen.«

»Hmm! Ja, mit rosa Zuckerguss! Vielleicht ist er ja noch da, dein Donutmann«, versuche ich meine Zerstreutheit zu überspielen.

»Bestimmt«, meine Tochter nickt, »und was ist jetzt mit deinem Mettmann?«

Ich erzähle es ihr, denn die Ortschaft Mettmann, weiß Erwin damals, als wir die Landstraße dort verlassen, um auf der Autobahn weiterzudieseln, wäre sehr berühmt geworden wegen eines älteren Herrn. Einer, der vor zigtausend Jahren ganz in der Nähe dort herumgelaufen wäre.

»Ein Neandertaler!«, Erwin schmunzelt. »War einer unserer Vorfahren, sah schon ein bisschen so aus wie der da«, und klappt den Rückspiegel herunter, sodass ich mich darin sehen soll.

»Aber hat der so ausgesehen?«, frage ich nach einem Blick in den Spiegel. »Mit gelbem Fell und langer Schnauze?«

»Na ja«, meint Erwin. »Ein Teddybär war sicher nicht dein Vorfahre, mit Holzwolle im Kopf!«

Duisburg, Oberhausen, Bottrop. Je weiter unser Gefährt nach Norden kommt, um so dunkler wird es. Als hätte der Himmel bereits am frühen Nachmitttag eine Pause eingelegt. Die Häuser darunter immer grauer, immer verrußter. Unweit der Auto-

bahn hohe Fabrikschornsteine und große Gitter-
türme mit Rädern am Kopf.

»Fördertürme«, erklärt Paul. »Wir sind jetzt im
Ruhrgebiet, da kommt die Kohle für euren Ofen
her, tief aus der Erde«, und schiebt die lange Eisen-
stange, die ich ständig am linken Bein spüre, nach
vorne, um einen Gang zurückzuschalten, wie er erklärt. »Damit unser Anhänger eure Möbel nicht
ganz durcheinanderwirbelt, die für eure Kinderzimmer. Ein kleines wäre vorne zur Straße und
ein größeres zum Garten, hat eure Mutter mir ver-
raten.«

Spätestens jetzt, während das Möbelauto ge-
mächlich weiterklappert und sich schließlich auf
der Landstraße Richtung Coesfeld bewegt, kommt
auch bei dem künftigen Erstklässler der noch kleine Denkapparat in Bewegung.

Ein kleines Zimmer vorne. Ein großes Zimmer
hinten. Ab Coesfeld wird mein Bruder vorne sitzen, wird in Nordhorn als erster aus dem Um-
zugswagen springen und besetzt sofort das größ-
te Zimmer.

»Die Letzten werden die Ersten sein«, murmelt
Erwin vor sich hin.

»Matthäus zwanzig«, ergänzt Ulrike meine Erinnerung, als wir wieder im Fährgebäude in Man-

hattan sind. »Religionsunterricht! Ist ja noch nicht so lange her«, und steuert geradewegs auf ihren Donutmann zu.

Oder doch lieber Hot Dog? Ein paar Meter weiter duftet er uns an.

Und während wir uns dort anstellen, werde ich auch noch die Geschichte mit der Bockwurst los, der Bockwurst mit viel Senf, bei unserer Rast in Coesfeld.

Denn dort, am Parkplatz angekommen, war von einer Bude voll Würstchen mit viel Senf, wie unser Paul versprochen hatte, nichts zu sehen.

Doch unsere Mutter hatte es geahnt, holte ein paar Stullen aus der Tasche mit feiner Mett- und Leberwurst, und ordentlich viel Senf.

»Und wer hat das große Zimmer errannt?«, will Ulrike noch wissen und greift hungrig nach ihrem Hot Dog, der gerade fertig geworden ist.

»Der mit den längeren Beinen«, muss ich zugeben. »War doch klar«, und übernehme den zweiten Dog, den letzten für uns nach einer Woche New York, zwischen Hudson- und East River, zwischen Musicals am Broadway, schwindeligem Wolkenkratzen hoch oben auf dem Empire State Building und putzigen Grauhörnchen im Central Park, die auch schon mal für ein paar Erdnüsse auf die Hand springen.

»Aber einen Hot Dog in New York«, gestehe ich, als wir abends wieder im Flieger sitzen, »den werde ich doch sehr vermissen.«

»Ja, mit Ketchup, Senf und Sauerkraut und Zwiebeln, die herrlich karamellisiert sind«, weiß meine Tochter genüsslich draufzulegen, sodass uns noch einmal das Wasser im Mund zusammenläuft, und lehnt sich entspannt zurück, während wir abheben Richtung Heimat.

Und als wollte über Big Apple der Vorhang noch einmal aufgehen, als würde sich die Skyline wie eine Theatergruppe noch einmal verbeugen wollen, ganz ruhig und stolz im Abendlicht, reißt die Wolkendecke auf und lässt mit den letzten Sonnenstrahlen, einem Scheinwerfer gleich, die große Bühne noch einmal aufleuchten, als unsere Maschine über dem Atlantik dem nächsten Morgen entgegenfliegt.

Aus dem Bordlautsprecher brabbelt es. Irgendwas von »foot und high!« Die Augen geben sich alle Mühe aufzubleiben. Ulrikes Lider haben schon jeden Widerstand aufgegeben, als es Nacht wird über den endlosen Wellen.

Schaut man durch das Bordfenster in den klaren Sternenhimmel, ist es, als würde alles still stehen. Alles Gegenwärtige scheint bedeutungslos.

Ich sehe hinunter, sehe die Wellen rollen, eine über die andere sich überschlagen, sehe wie sie sich aufziehen und wieder zerplatzen.

Der Mond schaut zu, lenkt den großen Atem der Gezeiten, dieser Zeit. Und als wollte das Meer etwas preisgeben, mystisch und erhaben, steigt zwischen der Gischt zweier Wellen ein Flügel auf, dann der zweite gegenüber. Und als würde das Fahrwerk die Wellen streifen, wird jetzt auch der Rumpf sichtbar. Eine Propellermaschine. Auf dem Weg zu den Schären. Es ist Krieg.

Und wieder rollt eine riesige Welle heran.

»Vati!«, rufe ich. »Vati, passt auf!«

Zwischen den Soldaten, die links und rechts in der Kabine liegen, mit hohlen Augen neben ihren Gewehren, dränge ich hindurch. Aber Vater sehe ich nicht. Es ist gespenstisch still. Nur das Geräusch der Motoren.

Und dann sehe ich ihn doch, plötzlich, vorne hinter der Kanzel. Nur ein paar Schritte trennen uns jetzt. Ich will ihn umarmen, will »Vati« rufen. Die Stimme versagt, Arme und Beine wie gelähmt. Vater lacht mich an, wendet sich ganz ruhig um und öffnet die Tür zum Cockpit. Was macht er bei den Piloten, denke ich. Vater tritt nach vorne. Aber dort ist kein Flugzeuglenker, auch kein Kompass, auch kein Steuerrad. Nur ein Klavier vor endloser Weite, endloser Stille.

Und Vater schlägt die Tasten an, beginnt zu spielen. Ein leichtes Beben durchdringt den Flugzeugrumpf. Weiße Tauben steigen auf und Musik erfüllt den Raum. *Für Elise*. Für Lotti.

Meine Tochter rüttelt mich wach, »schnall dich an, es hat schon zweimal gegongt, wir durchfliegen eine Schlechtwetterzone!«

Ich gurte mich an, doch dieser Traum lässt mich nicht los, denn Vater war kein Held. Er war Soldat und tat seine Pflicht. Fragte man ihn, so war er wortkarg.

Aber ein Erlebnis wollte er loswerden, jenes, als er mit seiner Einheit abkommandiert wurde, zur Küstenwache nach Norwegen. Der Flug dorthin mit dem »fliegenden Wellblech«, wie sie ihre Maschine nannten, immer dicht über den Wellen der Nordsee, um dem feindlichen Radar auszuweichen, ein Höllenritt. Nicht jedes Flugzeug hätte es geschafft und Vater traten Schweißperlen auf die Stirn. Wir fragten nicht weiter, sahen wie er litt.

5

Vater war ängstlich, fürchtete sich immer vor Neuem. »Ob sich das alles lohnt«, sagte er, als sein Jüngster, der kleinere Angsthase, mutig noch mal aufsatteln wollte, auf den Ingenieur, den Praktiker, der seine ersten Gehversuche gerade hinter sich hatte.

»Und alles Gute für dein weiteres Studium«, hatte ein Freund dem Anfänger gewünscht und ihm ein kleines Buch in die Hand gedrückt, ein kleines Buch über große Gebäude, public buildings.

»Mal entwerfen wie die Großen«, träumte der junge Ingenieur und sah sich schon bei größeren Projekten.

Sie kamen, ›etwas‹ größere. Da lebte Vater nicht mehr. Wie gerne hätte er sie ihm noch gezeigt.

Der Umbau einer alten Spinnerei, das war so eins. Dort hätte er ihn gerne noch mal durchgeführt, dort in Kaiserslautern, wo er mit seiner kleinen Familie gestrandet war, Anfang der Siebziger, fürs Studieren - die zweite -!

»Alles Gute für dein weiteres Studium«, luftige Entwürfe, freihändiges Zeichnen und Modellieren, an einer Universität im Pfälzer Wald.

Architektur lernen, pur! Aber auch statische Berechnungen: Streckenlast und Balkenquerkraft, Euler Knickfall eins bis vier ...!

Warum ersticke ich in Formeln für Beton: Querschnitt der Bewehrungseisen, Rundstahl oder Matten, Zuschlagstoffe aller Art und wieviel Wasser zum Zement?

Meine Welt der Architektur gerät ins Wanken.

»Ob sich das alles lohnt«, vielleicht hatte Vater doch recht. Aber ich beiße mich durch ...

... um schließlich Häuser zu entwerfen, Eigenheime, wie' s en vogue ist, mit Schindeln, kaffeebraun und lasierter Holzverschalung, palisanderfarbig aufgepeppt.

Doch plötzlich irgendwann, so wie es der Zufall will, fällt das kleine Buch mit großen buildings aus dem obersten Regal, just vor die jungen Architektenfüße.

Denn da ist sie wieder, jene Welt der Architektur: Die Theater und Museen, Häfen, Airports, Universitäten, Rat- und Bürgerhäuser ..., public buildings aller Art.

Mach einfach mit! Architektur im öffentlichen Raum. Hast du doch früher mal gebüffelt. Oder hast du alles schon verlernt.

Mach mit und trau dich!

Think big!

Er traute sich.

Mutter wird es, so wie man sie kannte, stolz bei ihrem Kaffeeklatsch verkündet haben.

»Unser Jüngster, der Ulli, ist jetzt bei einem Riesending dabei, so was staatliches.« Ihre Worte versinken in lautem Klön.

Aber Mutter gibt so schnell nicht auf. Denn das Riesending, das sie ein zweites Mal in die kleine Runde wirft, lässt das Kränzchen nun doch aufhorchen.

»Ein Milliardenprojekt in Kaiserslautern!«

Mit Millionen, aus denen auch schon mal Milliarden wurden, war unsere Mutter immer schnell bei der Hand.

Aber dies war bestimmt eine Steilvorlage für das heutige Treffen. Und ich stellte mir vor, bei Kaffee und Nordhorner Butterkuchen gäbe es für die Damen kein Halten mehr beim Rennen um die ersten Plätze auf der Bestenliste ihres Nachwuchses.

Der Umbau einer in die Jahre gekommenen Spinnerei war in der Tat ein Millionenprojekt, aber zugleich auch eine große Aufgabe für ein kleines Bauamt, meiner neuen Wirkungsstätte, in der Barbarossastadt.

»Diese Fabrik hier sieht fast so aus wie deine in Nordhorn«, hätte ich zu Vater gesagt, »wo du so manchen Mittag deine Henkelmännchen an der Pforte abgeholt hast.

Freitags Sauerkraut mit Rippchen, dazu feines Püree, denn mit meinem kleinen Drahtesel wurde es auf der Rüttelstrecke zur Pförtnerloge stets gut durchgeschüttelt.

Aber hier Vati, hier kommt schon lange kein Henkelmann mehr ans Fabriktor. Sämtliche Hallen sind leer, sind ausgeräumt. Diese Spinnerei ist seit Jahren geschlossen. Konkurs!

Nur sieh, Vati, wir bauen sie um. Junge Menschen werden hier einziehen, werden studieren, in einer neuen Umgebung, in einer neuen Hochschule.

Die alten Gebäude, schau, da drüben auf dem Berg, werden sie nicht vermissen, nicht die ausgedienten Maschinenräume, nicht die viel zu kleinen Baustofflabore, auch nicht die überholte Modellwerkstatt.

Dieses alles wird Geschichte sein, wenn wir die Fabrik aus dem vorigen Jahrhundert, die ein Gefängnisdirektor für die Arbeit seiner Sträflinge errichten ließ, mit neuem Geist erfüllt und zu neuem Leben erweckt haben, an dieser Stelle entlang der Lauter.

Wo einst Kaiser Barbarossa einen Tierpark besaß, zwischen Rehen und Hirschen seinen Falken in die Luft warf und Wolfgang Amadeus Mozart bei seiner Reise von Mannheim nach Paris auf holpriger Straße, aber sonnigem Märzwetter, mit seiner Chaise den Pfälzer Ort passierte, bestimmt nicht ohne Halt bei Rotbarts Kaiserpfalz, im Kopf noch eine frische Violinsonate, *Pour Mademoiselle Thérèse, C-Dur*, für seine Schülerin in der Quadratestadt. *Allegro Vivace*, piccolo fiume palatinato, lebendig wie die Lauter, lebendig wie das Pfälzer Flüsschen.«

Vater hätte ruhig zugehört, wie es seine Art war, hätte den Gürtel seines Trenchcoats, Popeline, der beige Stoff aus seiner Firma - »tausende Meter hast du davon gefärbt, Vati« - noch einmal nachgezogen, um der ledernen Fototasche, die über der Schulter hängt, mehr Platz zu lassen und hätte wortlos den Belichtungsmesser geöffnet, der unter der Kamera am Tragegurt befestigt ist.

Warum sagt er nichts. Blende elf und eine sechzigstel Sekunde liest er ab und stellt die Werte an der Kamera ein.

Warum stellt er keine Fragen, warum fragt er nicht nach der Lauter, hier müsste doch ihr Ufer sein, drückt ein paar Mal auf den Auslöser, dreht sich, misst wieder, stellt Blende und Verschlusszeit neu ein und drückt erneut zwei, drei Mal ab.

»Wir stehen direkt am Fluss«, erkläre ich ihm, nachdem er die Kamera wieder sorfältig in der Ledertasche verstaut und mit dem Druckknopf gesichert hat. »Aber die Lauter liegt unter meterdickem Geröll und zwängt sich hindurch, ein dunkler Kanal, bis drüben am Ende der Stadt, wo sie sich aus ihrer dunstigen und angstvollen Röhre befreit, um dann zufrieden zwischen saftigen Wiesen weiterzuplätschern.

Aber hier Vati, hier aus dem unterirdischen Kanal, der tief an den Hallen vorbeikriecht, können wir die Lauter nicht befreien, können ihr Sonne und Mond nicht zurückgeben.

Doch die Fabrik vor dem dunklen Tunnel werden wir mit Licht fluten, werden schwere Mauern einreißen, alles Marode, alles Erschöpfte für immer entfernen und einer stählernen Halle erlauben, wieder ihre zarten Füße zu zeigen, die schlanken eisernen Stützen, die Nieten, die Schrauben, ihr filigranes Shedgebälk.

Luftige Emporen werden wir einziehen und Reißschiene an Reißschiene werden junge Menschen darauf ihre Ideen fliegen lassen und zu Papier bringen.

Dort, wo bis heute dicke Bruchsteinwände jeden Blick nach außen versperrt haben, werden wir die Halle neu einkleiden, werden ihr einen neuen Mantel geben. Haute Couture, Vati, aber mit schlichtem Stoff. So wie es auch immer deine Devise war, aus preiswerter Baumwolle ein qualitätvolles Tuch zu zaubern.

Auch unser Mantelstoff wird preiswert sein. Gewelltes Blech. Leichtes blinkendes Blech auf eisernem Skelett. Hangargleich wollen wir diese Halle sehen, mit den notwendigen Öffnungen perforiert.

Und jetzt, Vati, jetzt stehen wir vor dem Kopfbau, dem Eingang des ehemaligen Spinnereibetriebes. Ein Bürogebäude aus diesem Jahrhundert im Stil Neuer Sachlichkeit, verklinkert mit betont waagerechten Fugen und langgestreckten Fensterbändern. Aber hier werden wir keine Veränderung vornehmen. Denn dieser Bau mit seinem Turm, der wie ein wehrhafter Tower am Eingang steht, gewährt der Gesamtanlage die architektonische Spannung und den notwendigen Halt.«

Vielleicht hätte Vater noch einmal den Belichtungsmesser bemüht, noch mal ein Bild gemacht.

Filius vor Neuer Sachlichkeit.

Vielleicht wäre er aber auch vor die Backsteinwand getreten, hätte eine Hand auf das Mauerwerk gelegt, die Augen geschlossen und sein Zuhause gefühlt: Das Reihenhaus in Nordhorn, verklinkert und recht aufgehübscht mit rosarot lackiertem Brüstungsholz und aufgesetzten weißen Leistchen, ganz so wie es in den Fünfzigern beliebt war.

Da mimte Vater auch selbst schon mal den Maler, denn was gibt es Schöneres, als nach Stunden der Fabrikarbeit einen Pinsel in rosa Farbe zu tauchen und schmale Hölzer anzustreichen, eines nach dem anderen, und dann noch einmal, und noch einmal, bis alles gut gedeckt ist.

»Unser Haus ist doch gerade erst ein Jahr alt«, Mutter sieht noch keine Schrammen, doch sie lässt Vater gern gewähren.

Wie an jenem Mittwoch, dem letzten im Juni vierundfünfzig, als er erneut in Hochform ist. Und das kleine Thermometer neben der Terrassentür zeigt nicht mehr als sechzehn Grad.

»Da macht mir die Farbe keine langen Nasen«, ist Vaters Kommentar, lacht und streicht und streicht, und immer hellrot zwischen weiß. Nur warum schaut er jetzt ständig auf die Uhr?

Zur selben Zeit, es ist bereits halb sechs am Abend, geht es an einem anderen Ort, hunderte Kilometer von Nordhorn entfernt, auch rot-weiß zu, genauer rot-weiß-rot.

Fahnen in den österreichischen Landesfarben werden geschwenkt, dazwischen schwarz-rotgold und die Spannung steigt im weiten Stadionrund.

Nicht so unser Radio, unser nagelneues mit dem magischen Auge, das ist noch spannungslos, das muss noch unter Strom, für eine Übertragung in wenigen Minuten.

»Ist sogar schon bezahlt«, weiß auch die Nachbarschaft. »Der Ulli hat' s erzählt. Ist doch gerade erst eingezogen, der Färbermeister, und schon ein neues Radio, aber einen Rasenmäher bei den Nachbarn schnorren!«, meint Mutter gehört zu haben und ärgert sich. Schließlich wurde der kleine muskelbetriebene Grasschneider gemeinsam angeschafft, zaunübergreifend.

»Ja, für den kleinen Grenzverkehr«, scherzt Vater und will die Farbdose schließen. »Lotti, wo ist denn der Deckel?«

»Auf der Zeitung von heute, Herbert, hast du selber draufgelegt«, wird Vater erinnert, »damit du nichts vollkleckerst«, und versucht mit einem Lappen voll Terpentin, während er noch umständlich wieder auf seine Armbanduhr sowie auf den fast ganz in rosa eingefärbten und kaum noch lesbaren Sportteil der Tageszeitung schaut, die Hände zu reinigen, hastiger als sonst und mit mäßigem Erfolg.

Anders sein aschgrauer Kittel, sein ausgedienter aus der Fabrik, dem haben sicher ein paar muntere Farbflecken recht gut getan.

Aber nun drängt die Zeit. Dose, Pinsel und Kittel landen rasch wieder im Kellerregal neben Gartengerät und dem alten Tennisschläger, der auch zu gerne mal wieder ans Licht käme.

Doch heute kommt der Sport aus dem Radio und Vater beeilt sich, stellt den Schläger, der grundsätzlich umfällt, wenn er im Regal herumkramt, schnell wieder auf, hastet die Kellertreppe hoch und schafft es gerade so - es ist kurz vor sechs - das neue Rundfunkgerät, das »schon bezahlte«, auch noch rechtzeitig einzuschalten und zu kurbeln. Denn der richtige Sender muss her, die richtige Frequenz.

Und Vater kurbelt, sucht noch vergeblich mit dem Drehknopf seine Station auf der Skala, erst auf der linken Seite, dann ganz rechts, und das magische Auge, das kleine grüne neben dem Lautsprecher, zeigt sich unbeeindruckt.

Aber jetzt, jetzt endlich leuchtet es sehr kräftig. Nun müsste doch der Sender da sein. Ja, jetzt hört man es auch ganz deutlich: Stadionlärm! »Das kann nur Basel sein!«

Vater justiert noch einmal nach, während ihm die Zeit nun fast davonläuft, und regelt die Lautstärke.

»... Halbfinale der Fußballweltmeisterschaft«, hört er den Rest der Ansage. »Neunzehnhundertvierundfünfzig«, und dreht den Ton noch lauter, um ganz sicher zu sein, »Deutschland gegen Österreich!«

»Vati, was ist das, ein halbes Finalspiel«, komme ich im passenden Moment hereingestürmt, habe gerade die Hälfte meiner schönsten Murmeln beim Klickern verloren, werfe den kleinen Sack mit den restlichen wütend vor das Radio und überfalle Vater mit solch einer Frage.

Wo es vielleicht jetzt um alles geht, fast alles, »denn wir sind noch nicht im Endspiel«, schaut er mich mürrisch an, seinen Sohn, den Zweitklässler, was versteht denn der von Fussball.

»Ich kann's dir später erklären«, brummt er und rutscht mit seinem Stuhl nach vorne, ganz dicht vor das magische Auge, als könnte er damit auf das Spielfeld blicken, als könnte er die Musikkapelle sehen, die zügig noch die Landeshymnen spielt, dort unten vor den angetretenen Mannschaften, während er seinem Jüngsten, der sich neben ihm auf den Boden gekauert hat, ohne ein weiteres Wort und gedankenentfernt seine Hand auf den Kopf legt.

Als Mutter, beinahe unbemerkt, eine Flasche Bier auf den schrägbeinigen Hocker stellt, den kleinen mit dem Gummibaum, der neben dem Radiotischchen steht, läuft das Spiel bereits eine halbe Stunde und es steht noch immer null zu null.

Bis kurz darauf das erste Tor fällt, für Deutschland. Da hatte der Jüngste schon längst die Tribüne Richtung eigenes Spielfeld verlassen, nachdem ihn das magische grün blinkende Auge »Vati, blinkt das auch, wenn einer ein Tor schießt?« lang genug fasziniert hat und rauft mit seinem Bruder im Garten.

Denn der hat es auf seinen Murmelsack abgesehen, will ihn verstecken. Klaus interessiert der Fußball nicht, »und du kapierst es nicht«, ärgert er den Kleinen. »Der Ball muss ins Tor, beim Gegner, und in kein Murmelloch!«

Das Spiel in Basel geht zu Ende, der Schiedsrichter pfeift ab. Vater hat sein Bier geschafft und sein Päckchen Zigaretten um drei Glimmstängel erleichtert, um zwei in der ersten, aber nur einen in der zweiten Halbzeit, denn die Spannung war doch bald dahin.

»Das grüne Auge hat sieben Mal geblinkt«, verrät er beim Abendbrot. »Aber nur ein Mal für die Rot-Weiß-Roten.«

Die deutsche Mannschaft ist im Endspiel.

Dieses große Ereignis, vier Tage später in Bern, habe ich kaum wahrgenommen, nicht Vaters Unruhe vor dem Spiel, auch nicht die Übertragung in unserem Radio, aber mein »ist schon bezahlt!« verfolgte mich noch lange.

»Die Leute werden meinen, wir hätten einen Goldesel«, hatte Mutter geschimpft, wonach sich der kleine Übeltäter ehrfürchtig weggeduckt und in seinem Zimmer Zuflucht gesucht hatte, in seiner Spielecke, bei seinem Bauernhof.

Aber was hatte er Übles angestellt, denkt er sich, hatte er doch nur die Wahrheit gesagt. Und was überhaupt ist ein Goldesel, und wo hätte das Tier Platz bei uns. In der kleinen Diele tummeln sich bereits drei Goldfische im Glas und die machen schon Arbeit genug, ständig füttern und ständig neues Wasser. Oder hatte Mutter »goldiger Esel« gesagt und mich gemeint.

»Was bist du doch für ein dummer Esel«, setzt mein Bruder noch eins drauf, als er auf meinen Hof kommt, wo ich jetzt mit meinen Tieren allein sein will.

»Ein Goldesel ist kein goldiger Esel und auch kein vergoldeter, sondern ein Esel, der Goldstücke scheißt«, bringt er mir genüsslich bei.

»Dafür kann dein goldscheißender Esel bestimmt nicht bis zehn zählen«, gebe ich frech zurück und denke an mein Pony bei Oma Luise und Opa Samuel. Da war sowieso alles viel schöner, rede ich mir ein.

Großvater hatte immer einen Spaß parat. Nach der Arbeit im Lokal hatte er einmal eine ausgediente Speisekarte mitgebracht, Mittagsmenüs, und daraus einen Papierflieger geknickt. Ich schaute ihm zu, wie er geübt, als würde er eine Serviette falten, den Flieger in Form brachte und in der Küche in die Luft warf.

Dem neuen Fluggerät aber, der vielleicht ersten Menükarte mit Höhen- und Seitenruder, schien es zu dumm, nur über Kochschwaden zu kreisen, zeigte noch einen schwungvollen Looping und verschwand durchs offene Fenster.

Die ganze Benzstraße sind sie entlanggeflogen, die Eisbeine mit Kraut, Schnitzel mit Püree und Schokoladenpuddingdesserts, bis alle in der Gosse lagen.

Mein Pony hätte gewiehert bei so viel Pudding und Kartoffelbrei und vor Freude bis hundert gezählt.

»Wir rechnen schon bis hunderttausend«, prahlt mein großer Bruder, der Viertklässler. »Da würde dein Pony noch heute im Püree stapfen und Schokoladenpudding schlabbern«, und verlässt endlich wieder meinen Hof, wo es schnattert, grunzt und bellt, wo die Gänseliesel das Federvieh versorgt, nach den Schweinen sieht und den Hofhund von der Kette nimmt, damit er jeden vertreibt, der meine ländliche Ruhe stört, wenn er will.

Wie an jenem Tag, als Vater einen Nachbarsjungen brachte, der von meiner Farm gehört hatte und mitspielen wollte. Nur nicht ich mit ihm. Ein Drama. Der Hund parierte nicht und sein Herrchen lief davon, wütend und in Tränen aufgelöst.

Der Nachbarsjunge blieb und spielte allein. Ich mochte ihn einfach nicht.

6

»Wo ist denn der Ulli?« Natürlich weiß Mutter, wo der kleine Viehhirte ist. Denn wenn er schmollt, verkrümelt er sich gerne unten im Keller oder er sitzt auf dem Klo.

Heute ist er in den Keller geflohen, in den kleinen Vorratsraum. Hinter der Kartoffelkiste kriecht er zu seinem Versteck. Jetzt ist er allein, mit sich und einem Propeller!

Ganz vorsichtig holt er das kleine Holz, die Luftschraube eines Modellfliegers, unter den Kartoffeln hervor, hält es gegen das Licht der Deckenbirne und prüft es von allen Seiten. Wieder und wieder dreht er es in der Hand.

»Kannst du haben«, hatte einer der Jungs gesagt, drüben auf dem Sportplatz. »Ist gerissen, können wir nicht mehr gebrauchen, ist zu riskant, fliegt uns um die Ohren.«

Die großen Jungs in ihren Bluejeans haben dem Lederhosenpimpf imponiert, wie sie ihre Doppeldecker an langen Drähten im Kreis flogen.

Welch ein Geknatter und Geheul, wenn die kleinen Motoren angeworfen wurden, schwungvoll mit Mittel- und Zeigefinger und munter dem samstäglichen Läuten des Kirchturms gegenüber mit ihrem Höllenlärm Paroli boten. Bis zum letzten Glockenschlag. Da düsten die großen Jungs wieder ab, auf ihren blankpolierten Mopeds, mit den Fliegern hintendrauf.

»Das kriegst du hin«, nehme ich mir vor, Monate später. »Das kannst du auch«, und befreie meinen Propeller wieder aus seinem Versteck, aus der stickigen Ecke unter den Winterkartoffeln, den restlichen, das Holzgestell ist fast leer.

Obwohl die Frühlingsluft, es ist schon Ende Mai, durch das geöffnete Kellerfenster kommt, bleibt der muffige Geruch. Auch mein Propeller ist nicht verschont geblieben und duftet nach alten Erdäpfeln. Sein Riss jedoch ist nicht größer geworden, erkenne ich gegen die Deckenlampe.

»Den klebe ich, das kriege ich doch hin«, und träume meinen Traum. Ein eigener Flieger!

»Wo ist denn jetzt der Ulli wieder?« Die Mutti!

Das kleine Holz verschwindet schnell wieder unter den Kartoffeln. Licht aus und raus aus dem Vorratsraum.

»Ulli, bring doch bitte noch für unseren Kuchen die Ananas mit, die Konserve, steht links im Regal.« Da reicht ein kleiner Sprung zurück, ins Halbdunkel, um die Dose zu greifen und in die Küche zu befördern, neben den Tortenboden, den Obstkuchen in spe.

»Herbert«, ruft Mutter hinüber ins Wohnzimmer und lacht. »Brauchst du deine rosa Farbe noch, hier steht ein junger Mann, der unsere Torte anstreichen will!«

Esst doch euren Kuchen alleine, sage ich mir, Ananas mag ich sowieso nicht, hole noch schnell die richtige Dose und verschwinde auf die Straße.

»Wenn du schon draußen bist«, ruft mir die Mutter hinterher, »dann bring dem Vati noch sein Bier mit, wie immer«, und wirft mir noch zwei Münzen zu für den Flaschenbierverkäufer ums Eck.

»Was kriegt denn der junge Mann?« Wann bin ich endlich kein junger Mann mehr.

»Trommeln«, sage ich.

»Ich habe nur Export und Malz«, bekomme ich zur Antwort.

»Es trommelt doch dort drüben«, ich zeige in die Richtung.

»Schützenfest, wir haben doch Schützenfest«, erklärt der Flaschenbierverkäufer nun recht ungeduldig. »Und die da trommeln und pfeifen, das ist unser Spielmannszug.«

Drüben an der Hauptstraße, wo gleich der Zug vorbeikommen soll, sehe ich bereits Hunderte von Schaulustigen, die ein dichtes Spalier bilden, während das Trommeln lauter wird und auch die Flöten schon viel deutlicher zu hören sind.

Ich werde nur Beine sehen, befürchte ich, ein Drittklässler wird ja nicht größer, wenn er zwei Bierflaschen hebt. Doch als ich den Zuschauern näher komme, beladen mit links und rechts je einer großen Flasche Bier im Arm, weicht eine Gruppe vor mir, wie von Zauberhand geführt, großzügig zur Seite und macht mir Platz.

»Der junge Mann hat vielleicht die Spielleute zu versorgen«, höre ich es tuscheln und Vaters Bier in meinen Armen wird immer schwerer.

Der Spielmannszug rückt weiter heran. Es pfeift und trommelt jetzt schon richtig laut. Flöten links, Trommeln rechts, streng geordnet und alles im Gleichschritt.

Bald werden sie hier sein. Aber immer wieder bleiben sie stehen, werden beklatscht, beginnen einen neuen Marsch, wenn der Spielmann, der voranschreitet, das Zeichen gibt, wenn er einen meterlangen Stock hoch in die Luft wirft, wieder auffängt und den nächsten Takt einschwingt.

»Was für ein mutiger Tambourmajor!« hört man aus der Menge.

Wie oft will der Zug noch stehenbleiben, bis er endlich bei mir gastiert. Vaters Bier zeigt Ermüdung, strebt nach unten. Wenn ich es abstelle, wird es umgerannt. Wenn ich es jetzt noch länger halten muss, nicht auszudenken!

»Sollen wir dem jungen Mann mal die Flaschen abnehmen«, höre ich hinter mir.

»Nein, es geht«, lügt der junge Mann, denn es geht ja kaum noch. Press die Arme fest an, du hältst durch, mache ich mir Mut.

Der Spielmannszug kommt jetzt direkt vor mir zum Stehen. Der Tambourmajor in seiner festlichen Uniform ist fast zum Greifen. Und wieder wirft er den großen Taktstock in die Luft. Wenn mir jetzt das Bier wegrutscht. Halte es, halte es nur noch ein paar Sekunden.

Der Tambourstab mit seinen bunten Bändern und der handgroßen silbernen Kugel am Schaft steigt hoch, beginnt sich zu drehen. Major, pass auf, du musst ihn ja wieder fangen.

Wie ein kleiner Flieger vollführt der Stock jetzt einen Looping, ist ewig in der Luft.

Ulli, jetzt halte noch durch, lenke dich ab, denke vielleicht an deinen Propeller, an dein neues Flugzeug, denke, wie du es fliegst, denke, wie du es bauen wirst.

Vielleicht die Flügel und den Rumpf aus glattem Abfallholz, geschnitzt und abgelängt, das Fahrgestell aus Draht, zwei große Knöpfe dran, und den Propeller hängst du ein mit einem Einmachgummi für den Antrieb. Und der Anstrich? Rosa, die Dose steht ja wieder im Regal.

In deiner Klasse werden sie staunen, wenn du den Flieger zeigst, wenn er auf deiner Bank steht, wenn du den Gummimotor aufziehst und sich dein rosarotes Flugzeug in die Luft erhebt.

»Das ist meins«, wirst du rufen. »Das habe ich selber gebaut, ganz allein!«

Eine große Hand streicht mir über den Kopf.

Der Vati!

Längst hat er mir ganz leise die Flaschen abgenommen, längst sind die Spielleute weitergezogen und nur noch aus der Ferne zu hören.

»Ulli, komm, die Mutti hat ja bereits die Torte auf dem Kaffeetisch, und auch ein großes Stück mit Schokoladenpudding wartet schon auf dich, ohne Ananas!«

Mein Pony hätte gewiehert.

7

Vater war immer da, wenn man ihn brauchte. Ruhig und gelassen hielt er die Hand über seine Familie, wusste, wo der Schuh drückte. Selten gab es ein lautes Wort, wenn seine beiden Zöglinge mal aus der Spur liefen.

So an jenem Novembertag, als meinem Bruder und mir tatsächlich mal die Schuhe drückten, die neuen für den Winter, in glattem Leder, hellbraun und hoch geschnürt.

Mit »geht mal ums Haus, die laufen sich ein« waren wir artig Mutters Rat gefolgt. Doch selten hatten wir Brüder uns so einträchtig verbunden gefühlt wie nach unserem Ausflug in die Unwirtlichkeit der näheren Umgebung, der unbefestigten, als wir wieder gemeinsam vor der Haustür standen, vor unserem Vater, mit gesenkten Köpfen. Denn unsere neuen Winterschuhe waren nun keine neuen mehr.

»Wisst ihr, was ein Paar Schuhe kostet?« Vater war voll Wut und aufgebracht, so kannten wir ihn nicht. »Und wisst ihr, wie lange man dafür arbeiten muss?« Nein, wussten wir nicht, gesagt hat er es uns aber auch nicht.

Vielleicht war es gut so, denn sonst hätten wir uns vorgestellt, wieviele hundert Meter Stoff er hätte färben müssen, um allein den Weihnachtswunsch des Jüngsten zu erfüllen: Fußballschuhe!

»Wie teuer meine Dampfmaschine ist, weiß ich ja längst«, verriet mein Bruder aus seinem Wunschzettel, nachdem wir Vaters Standpauke überstanden hatten. »Die steht doch im Schaufenster vom Spielwarenladen!«

Das wusste ich. Wie oft habe ich dort hineingesehen und die Nase platt gedrückt, bei jeder Gelegenheit, die sich bot.

Denn neben den Dampfmaschinen waren nicht nur Kräne aus Metallbaukästen, Teddybären mit langen Armen, Puppen mit blass getönten Wangen und knallrote Feuerwehrautos mit ausgefahrenen Drehleitern ausgestellt, sondern auch Modellflugzeuge, bunte Flieger in allen Farben. Sie hingen an Schnüren von der Decke herab, leicht schräg, als übten sie gerade einen Looping.

»Was macht denn eigentlich dein neues Wunderwerk in rosa?« ärgert mich mein Bruder mit einigem Grinsen. Als hätte Klaus meine Gedanken erraten, als hätte er gewusst, dass der kleine Angeber mit seinem selbstgebauten Flugmodell, dem gelben, denn Vaters rote Farbe war längst eingedickt - und neu gekaufte hält ja auch viel besser und gelb ist sowieso viel schöner -, sich nicht nur über sein nun geschrumpftes Taschengeld geärgert hatte.

»Was soll es schon machen«, gebe ich kleinlaut zurück, »auf meine Bank habe ich es gestellt, gestern, in meiner Klasse, und den Gummimotor aufgezogen.«

»Und dann ist es deinem Lehrer aufs Pult geflogen«, kichert mein Bruder.

»Keinen Zentimeter ist es geflogen«, gebe ich enttäuscht zu. Ausgelacht haben sie mich. »Was ist das für ein Flieger, der nicht fliegt, habt ihr den Knall gehört. Seht nur her, unser Klassensprecher, unser neuer Pilot, passt nur auf, gleich fliegt das Flugzeug bestimmt ... auf den Boden!«

Das Einmachgummi war dahin. Es war das letzte aus Mutters Vorratsregal.

Und dort sind alle Gläser voll. Kürbis, Kirschen, Stachelbeeren. Wir könnten doch auch mal wieder Kirschen essen mit Vanillepudding oder Torte mit Stachelbeeren und Sahne. Ist doch Sonntag heute.

Oder öffne ich einfach ein Kürbisglas, werfe

das gelbe Gemüse raus, das esse ich sowieso nicht, und im Nu ist ein neues Einmachgummi am Propeller.

Ulli, trau dich!

Der kleine Angsthase traut sich nicht. Mutter hat bestimmt die Gläser gezählt, weiß bestimmt genau, was alles drin ist.

Und als wollte sie ein Königreich verteidigen, steht sie ganz plötzlich vor mir, die Arme wehrhaft ausgebreitet, in glitzerndem Kleid und goldenen Schuhen, in einem großen Saal.

Es blinkt und funkelt von riesigen Kronleuchtern und prächtige Girlanden aus grellbunten Glasperlen durchweben den Raum. Vor den rosarot gestreiften Wänden behüten hohe Vitrinen, kristallig geheimnisvoll, ein wertvolles Gut und alles spiegelt und strahlt in gleißendem Licht.

»Mutti, gib acht, hinter dir!«

Auf leisen Füßen kommen sie herein, beinahe schwebend, und bewegen sich auf die Schränke zu. Der Peter, der Johannes, die Gesine, die ganze Klasse sehe ich, sehe, wie sich die Vitrinen öffnen, wie durch Magie, und alle ein Gefäß sich nehmen: Eingemachtes. Kürbis, Kirschen, Stachelbeeren.

»Was macht ihr da, es gehört euch doch nicht!«, mein Ruf verhallt in der Weite des Saales. Mutter nimmt nicht wahr, was hinter ihr geschieht. Nur zu mir schaut sie. Weiß sie, was in mir vorgeht, weiß sie, dass ich mich schäme, wenn etwas nicht gelingt. Warum gehst du nicht zu ihr, warum vertraust du ihr nicht. Vielleicht hilft sie dir, vielleicht kann sie dir geben, was du brauchst. Regungslos schaut sie mich weiter an.

Jetzt schreiten sie wieder hinaus, lautlos, alle, in ihren Händen die Einmachgläser, randvoll. Bis auf die Kleinste, bis auf Svenja. Sie trägt das allerletzte Glas, kommt kaum mit, will sich beeilen, stolpert! Ein schallender Knall reißt mich aus meinen Träumen.

»Hat wieder einer von euch beiden das Zahnputzglas fallen lassen?« Mutter richtet das Frühstück, sie hat es gehört.

»Ich war es nicht!«, wehre ich mich standhaft, und beeile mich nach Katzenwäsche, Müsli und Kakao, in die Schule zu kommen, wie immer auf den letzten Drücker.

Sie werden mich wieder hänseln, ihren verhinderten Piloten. Ein Flieger, der nicht fliegt. Ich habe es noch im Ohr. Doch niemand schaut mich an, niemand sieht, was ich auf meiner Bank finde, was vor mir liegt. Ein neues Einmachgummi!

Ich drehe mich um. Svenja.

Sie lacht.

Svenja hatte mich schon einmal überrascht, ein paar Wochen zuvor, als ich wie so oft unserem Vater die Henkelmänner ans Fabriktor brachte.

»Hallo Ulli!«, Svenja lehnte zu Hause am Gartentor, als ich mit dem Drahtesel vorbeikam.

»Bringst du deinem Vater das Essen?«

»Was soll denn sonst in den Henkelmännern sein«, brummelte ich.

Das Brummeln nützte nichts. Auf dem Rückweg hatte ich sie im Schlepp, samt ihrem ganzen Puppengeschirr. Ich hatte zwar Erfahrung im sicheren Transport von Henkelmännern und -männchen, nicht aber in der Zubereitung deren Inhalts.

Das sollte sich ändern heute, zumindest schulungsmäßig, im Kochstudio, neben meinem Bauernhof.

»Das macht sich gut«, meinte Svenja, denn sogleich war meine Gänseliesel ihre Gans los, ein Schwein verschwand im Bratentopf, und meine Kuh, die braune, musste zum Melken ran, damit man auch noch einen Pudding rühren konnte.

»Schokoladenpudding!«, lachte Svenja. »Braune Kühe geben doch Kakao.«

Hätte mein Pony um die Ecke gespitzelt, es hätte mich leiden sehn, hätte gesehn, dass Puppenküchen nicht mein Ding waren. Mein Traum war immer der vom Fliegen, mit eigenem Flugzeug, eigenem Propeller. Aber noch vielmehr der von Fußballschuhen, aus schwarzem Leder, mit richtigen Stollen und schneeweißen Senkeln.

»Hast du auch den Wunschzettel ordentlich geschrieben«, flüstert mir mein Bruder ins linke Ohr.

»In der dritten Klasse können wir schon richtig lesen und schreiben«, gebe ich sofort zurück.

»Psst, könnt ihr nicht mal ruhig sein, wir sind doch hier in der Kirche und nicht auf dem Schulhof!«, höre ich Mutter auf dem anderen Ohr, als das Glockengeläut langsam verstummt, der Kantor mit kräftigen Orgeltönen die Gemeinde begrüßt und es nun aus allen Registern durch den Andachtsraum schallt.

»Hoffentlich hast du deinen Wunschzettel auch abgegeben«, Klaus gibt keine Ruhe. Unser Vater, ganz zur Rechten, wirft schon einen strengen Blick zu uns herüber.

Eine Christvesper ist kein Kindergottesdienst, denke ich mir, die dauert sicher viel länger und versuche, mich auf der harten Kirchenbank einzurichten, mit nassen Schuhen, feuchter Jacke und durchgefrorenen Händen. Und viel wärmer ist es hier auch nicht als draußen in der Nieselkälte.

Aber die Plätze: Premium. Rechts vom Mittelgang in der dritten Reihe, gegenüber dem Weihnachtsbaum mit einer geschnitzten Krippe davor, gerade so, dass wir in leichter Haltung nach links den Blick auf Altar und Kanzel haben, und gut gesehen werden. Dafür hatte Mutter einen Kompass, als sie uns rechtzeitig hierhin dirigierte.

Während ihre beiden Jungs versuchen, sich ein wenig hinter dem Gesangbuchbrett zu ducken, Vater in seinem betagten grauen Zweigereihten den ebenso betagten grauen Hut auf dem Schoß nervös hin- und herdreht, sitzt Mutter mit frisch gelegter Frisur in ihrem neuen kamelhaarfarbenen Mantel aufrecht und stolz in der Bank und ihr nasser Schirm zur Hälfte auf meinen Beinen.

»Vom Himmel hoch, da komm ich her«, intoniert der Organist und die Gemeinde stimmt ein. Mutter nimmt einen der ausgelegten Liedzettel und singt laut und kräftig mit, zwischen ihren drei Männern, dem großen und den kleinen, die den Mund nicht aufkriegen.

Mein seitlicher Blick auf das Kirchenblatt bestätigt mein Gefühl. Lied an Lied, Strophe an Strophe und die Rückseite sicher auch noch. Das wird dauern. Meine Füße sind wie Eis und die Hände wollen auch nicht warm werden.

»Wir lassen dich mal untersuchen«, war Mutter schon länger besorgt. »Vielleicht stimmt was mit dem Blut nicht.« Es stimmte nicht.

»Bei Eisenmangel hilft Lebertran«, empfahl der Arzt und verordnete zwei große Flaschen. Aber nun sind wir schon beim dritten Lied, Herr Doktor, und meine Hände sind noch immer kalt.

»Es begab sich aber zu der Zeit …«, mein Bruder stößt mir ans linke Bein. »Das ist die Weihnachtsgeschichte«, flüstert er, als der Pastor die ersten Worte aus dem Lukasevangelium spricht, oben von der hölzernen Kanzel.

»Weiß ich«, flüster ich zurück, »dass die ganze Welt geschätzt werden soll.«

»Du hast den Kaiser vergessen«, verbessert er mich.

»… dass ein Gebot von dem Kaiser Augustus ausging, dass alle Welt geschätzt würde«, hört man jetzt deutlich und richtig aus dem Altarraum, wo ein paar Jungen und Mädchen sich im Halbkreis aufgestellt haben und die Heilige Geschichte weitersprechen, während brennende Kerzen in ihren Händen die Schar gemalter Engel an den Wänden des Chores sanftflackernd und geheimnisvoll erhellen.

»Die Gruppe da vorne, das sind Konfirmanden, den einen kenne ich«, Klaus kennt die halbe Stadt. Mein großer Bruder, das gefällt mir an ihm, das imponiert mir.

»… und jedermann ging, dass er sich schätzen ließe …«, mein Blick verfängt sich in der Spitze des leuchtenden Christbaumes, dem Stern, der heller ist als alle Lichter darunter.

Mit halb geschlossenen Augen lausche ich, höre weiter von der Geburt des Heilands und den Hirten auf dem Feld, wo ein Engel zu ihnen spricht: »Fürchtet euch nicht. Siehe, ich verkündige euch große Freude«, und ihnen den Weg weist zum Stall in Bethlehem. Abwechselnd und ruhig sprechen die Konfirmanden die heilige Botschaft zu Ende, und Stille erfüllt das Gotteshaus, als sie ihre brennenden Kerzen zur Krippe tragen und die Lichter dort aufstellen.

Und auf einmal ist es, als schwebe ein Engel durch den Raum, als hätte ein Himmelsbote auf leisen Schwingen sich aus den Fresken des Chores befreit.

8

Warum ist man in allem gefangen, warum braucht es dreißig Jahre, um es wieder zu spüren. Wie hier in der großen Halle der alten Fabrik, die jetzt von allem erlöst ist.

Kein Stein, kein Gewölbe, kein hölzerner Verschlag zwängt sie mehr ein. Das reine Skelett, gewalztes Eisen, ein Wald von Stützen, blassblau, unter drahtigen Gläsern, die das Morgenlicht noch sanft herein lassen, bevor die Sonne nach Süden abhebt, an diesem Frühlingstag.

Vater hätte hier wieder auf den Auslöser gedrückt. »Hier muss ich anders belichten«, hätte er gesagt, »wegen des Gegenlichts, damit der Raum die Atmosphäre zeigt.«

»Sind Sie vom Bauamt?«, fragt ein alter Herr, der plötzlich neben mir steht. Ruhig, ja bedächtig wandert sein Blick durch die große Halle, den blauen Stützenwald, bevor er sich mir wieder zuwendet und mich wortlos anschaut.

Vielleicht sollte ich ihm was erzählen, vielleicht interessiert ihn dieser Ort. Vielleicht Historisches, von Barbarossas Hirschgehege, oder Mozart, der vorbeikam auf seiner Kutschfahrt nach Paris und natürlich dem Arrestdirektor, der erstmals Spinngeräte laufen ließ, hier an dieser Stelle, um seine Arrestanten zu beschäftigen.

Nur warum erzähle ich es nicht, warum fällt es mir nicht ein, nur Zahlen über Zahlen schwirren im Kopf, nur Quadratmeter, Kubikmeter, Länge mal Breite mal Höhe, en gros und im Detail. Nur Zahlen, nichts als Zahlen. Viel zu hastig trage ich vor, »und hier, genau hier, beginnen wir mit dem ersten Bauabschnitt der neuen Schule. Es folgen dann ...!«

Mein Besucher schaut mich an und legt seine Hand auf meine Schulter. »Junger Freund«, sagt er, »jetzt sind wir mal ganz still, atmen ruhig durch und fühlen nur die Stimmung, nur die Atmosphäre, in diesem Augenblick, an diesem Ort.«

Und endlich, als ich zur Ruhe komme, als ich mich der Stimmung hingebe, spüre ich es auch, ist es wieder da. Wie damals vor dreißig Jahren, wie damals als Kind auf der Kirchenbank, vor leuchtender Krippe. Denn wieder ist es, als schwebe ein Engel durch den Raum.

Als der alte Herr sich leise verabschiedet, nehme ich ihn kaum mehr wahr. Aber ich glaube, dass der Engel geblieben ist, dass er weiterhin da ist, in so manchem Raum und manchem Traum.

Wie gerne hätte ich Vater noch den fertigen Umbau der Fabrik gezeigt, hätte ihn durch Hörsäle, Seminarräume und die großen Labore geführt und hätte seine Kameratasche gehalten, während er noch mal Blende und Zeit an seinem Fotoapparat eingestellt hätte.

Ohne Kamera, Vati, warst du nur ein halber Mensch. Sie war ein Teil von dir. Es war, als böte sie dir zusätzlichen Schutz, wenn du den Riemen schräg über deinem Popelinemantel trugst, der bereits gut mit dem Gürtel zugeschnürt war.

Schon als Soldat warst du der Fotograf, damals bei deiner Einheit. Hast in Norwegen deine Kameraden aufgenommen, während ihr an der Küste Wache schieben musstet.

In Oslo hast du die Frachter fotografiert, die im Hafen lagen und bist tief in die Knie gegangen, damit du die Schornsteine, die Masten und Takelagen auf das Bild bekamst, vor den aufgetürmten Wolken.

»Kumulus«, hast du erklärt, es wären Kumuluswolken gewesen, da hättest du ein gelbes Glas vor die Linse geschraubt, damit der Himmel besser durchgezeichnet würde.

»Achte auf Licht und Schatten«, hast du mir geraten. »Und denke immer an den Vordergrund, wegen der Tiefe des Bildes und der Perspektive.«

Vater hatte mir aus der Seele gesprochen. Wo hatte er das gelernt. Ich habe ihn nie gefragt. Aber das mit dem Licht, das habe ich mir gemerkt, dass es alles verändern kann, in Wirkung und Wahrnehmung, von Minute zu Minute.

Denke an die Gebäude, wie sie im Licht stehen, denke an die Räume, die inneren und die äußeren, wie sie die Sonne aufnehmen, und sehe die Menschen darin.

»... können Sie sich vorstellen, dass Sie ...?«

Ich kann es nicht, jedenfalls nicht sofort, als mich dieser Anruf von oberster Stelle erreicht, im Frühjahr einundneunzig.

Bevor ich es richtig begreife, bevor ich die neue Aufgabe richtig erkenne, bin ich auf dem Weg gen Osten: Aufbauhelfer, temporär, für ein halbes Jahr, weg von daheim.

Kannst du das überhaupt. So etwas hast du doch noch nie gemacht. Und du bist ein kleiner Angsthase.

Es ist ein Sonntag, als der kleine Angsthase anreist. Im Gepäck hilfreiche Tipps zum östlichen Streckenverlauf, abseits neuer Fernstraßen, die noch im tiefen Sandbett schlummern, mit ersten Sodabrücken, die nur ›so da‹ stehen, als würden sie nie von einer Straße geküsst werden.

Nur gut, dass heute noch kein Montag ist und niemand auf mich wartet, denke ich mir, als ich mich dank der hilfreichen Streckenempfehlungen gehörig verfahre und schließlich auf einem Feldweg lande, aber zwischen grünen Wiesen, gradlinig bepflanzten Ackerfurchen und sanft bewaldeten Hügeln.

Herrlich hier, obwohl die Sonne heute, es ist Mitte Juni, nicht ihren stärksten Tag hat. Doch als ich aussteige, um die Beine zu vertreten, bricht sie gnädig durch die Wolken und deutet auf drei Burgen am nahen Horizont: *Die Gleichen!* Unverkennbar, die sagenumwobenen *Drei Gleichen*, zwischen Gotha und Erfurt. Und über mir ein Falke, der nach Beute späht.

»Es ist ein Turmfalke«, höre ich neben mir, als ich den Flug des Vogels verfolge. »Der hat sein Zuhause wohl drüben in den alten Gemäuern.«

Der Wanderer, der höflich übersieht, dass ich mich verfahren habe und nun halb im Acker stehe, weist auf die drei Burgen vor uns, von denen zwei nur noch als Ruinen das Mittelalter zeigen.

»Das ist bei uns ganz ähnlich«, sage ich. »Auch Barbarossas Burg in Lautern glänzt nur noch als Fragment.«

Aber warum schaut mich der Wanderer so eigenartig an, warum mustert er mich so. Ist es Vogeldreck, hat mich der Falke getroffen? Ich streiche über Kinn und Backe. Es ist dein Bart, dein roter Bart, du bist seit Freitag nicht rasiert, was wird man morgen von dir denken, morgen früh in Erfurt. Dein Rasierer, ist dein Rasierer in der Tasche?

»Ein Rotbart«, spaßt der Wanderer, während mir gar nicht zum Spaßen ist. Bestimmt wäre ich ein Nachfahre des Rotbarts, unseres Kaisers Barbarossa. In den Kyffhäuserbergen, nicht weit von hier, schliefe er seinen ewigen Schlaf.

So kann man auch ein Gespräch einfädeln, denke ich mir, als ich mich eigentlich wieder auf den Weg machen will, doch mein Wanderer den Faden eifrig weiterspinnt und sein Spinnrad jetzt richtig zum Schnurren bringt, mittelalterlich.

Denn drüben auf der Burg, dort links, deutet er mir, hätte einst der Graf von Gleichen gelebt. Beim fünften Kreuzzug wäre er mitgezogen, im Heer von Friedrich dem Zweiten, dem Enkel unseres Rotbarts. Warum sagt er immer »Rotbart«, ich denke nur noch ans Rasieren.

»Seine Gemahlin, die Gräfin von Orlamünde«, er spinnt die Sage weiter, »blieb mit den Kindern auf der Burg und hoffte auf die baldige Heimkehr des geliebten Gatten. Doch während des langen Zuges war dem Grafen das Glück nicht hold. So geriet er in Gefangenschaft und verbrachte qualvoll viele Jahre als Sklave des Sultans von Ägypten, bis zu jenem Tag, als die Tochter des Herrschers ihm begegnete und Gefallen an ihm fand. Die schöne Sultanstochter war bereit, mit ihm zu fliehen, aber unter einer Bedingung.«

Hier hält der Wanderer inne und schaut mich halb fragend und halb fordernd an. Gibt er mir ein Rätsel auf, das ich zu lösen habe? Mein Blick zum Himmel zeigt mir, dass die Geschichte bald ein Ende haben sollte. Denn schwarze Wolken ziehen auf und auch der Falke hat sich bestimmt schon längst verkrochen, dort drüben im Gemäuer der Ruinen.

»Was hatte der Graf zu bieten?« frage ich. »Er hatte kein Pferd, kein Schwert, alles wurde ihm genommen. Er hatte doch nur sein Leben noch und nur sich selbst.«

Mein Gegenüber lächelt, »das ist es, was die Sultanstochter wollte«, sagt er. »Sie wollte allein nur ihn, und sie wollte ihn als Gemahl!«

Die ersten Tropfen fallen. Jetzt muss es schnell gehen, jetzt sollte sich der Graf entscheiden, sonst versinke ich im Ackerschlamm mit meinem Auto. Mein Pony wird mich nicht herausziehen können mit seinen kleinen Hufen, und wenn es hundertmal bis zehn zählt.

»Ich werde die Geschichte vom Ende her auflösen«, verspricht mein Wanderer, als er eine Hand in den Wind hält und auch den Wetterwechsel spürt.

»So hatte auf der Burg der Gleichen«, erzählt er, »ein geübter Schreiner geschwind ein neues Ehebett zu schreinern, eine Liegestatt für drei. Für den Grafen in der Mitte, für die Gräfin links von ihm und zur Rechten für die Sultanstochter aus Ägypten.

Denn die Flucht war gelungen. Der Papst hatte seinen Segen gegeben und auch der Kaiser gab sein kaiserliches Plazet. So lebten sie fortan in holder Eintracht.«

»Und wenn sie nicht gestorben sind ...« hätte ich gerne noch angefügt, aber da hatte mein Wanderer schon seine Kapuze übergezogen, »Ade« gesagt und war wieder seines Weges gegangen. Ich habe ihn nie wieder gesehen.

Jetzt fällt mir auch der Montag wieder ein. Jetzt rückt er immer näher. Dein Rasierer, ist auch das Kabel in der Tasche? Dein kleiner Wecker, ist die Batterie erneuert? Ist die Krawatte eingepackt, die neue.

Doch nun muss er erst mal raus hier, unser kleiner Ängstling, muss das Fahrzeug auf dem engen

Feldweg wenden. Rechts die aufgeweichte Erde, links ein wässriger Graben. Erinnerungen werden wach: Dein erstes Auto, dein kleines.

Es war an einem Freitag, früh am Abend, im Februar achtundsechzig, als die fünfhundert Kubikzentimeter unverhofft im Graben lagen, an einem Feldweg in unserer Grafschaft. Denn mein druckfrischer Lappen konnte es kaum erwarten, die nähere Umgebung zu erkunden, mit mir und dem kleinen Azurblauen, dem gebrauchten, mit siebzigtausend auf dem Tacho.

Das meiste wird mein Gebrauchter gekannt haben, hier im Umkreis von Nordhorn, aber nicht die Gräben. Die hatte das Auto wohl für mich aufgehoben. Besonders den an besagtem Feldweg, wo es, als es der Landstraße überdrüssig war, mutig zu einem Wendemanöver ansetzte. Ein Bauer, der mit dem Trecker vorbeikam, zog es aus dem Graben.

Aber es sollte noch schlimmer kommen an diesem Abend. Es wäre besser gewesen, ich wäre zu einem Bushalt gelaufen. Aber ich stieg wieder ein. Gefühllos. Mir war, als führe das Auto allein, als säße ich gar nicht hinter dem Steuer.

Pass auf, da vorne die Kurve, du musst abbremsen, du musst lenken, warum lenkst du nicht!

Wie ich aus dem Fahrzeug herausgekommen bin, weiß ich nicht. Es lag umgestürzt auf der Seite, demoliert, knapp vor einem Baum. Auch habe ich keine Erinnerung, wie ich nach Hause gekommen bin. Aber ich war unverletzt, bis auf ein paar Schrammen am Kopf und meinem Selbstvertrauen darin, das war erst einmal dahin: Nie wieder wirst du ein Auto lenken!

Es dauerte keine drei Tage, da fuhr ich schon wieder. Vater hatte mich noch am selben Abend wieder aufgerichtet.

»Wir schlafen erst mal drüber«, hatte er mich beruhigt, ging mit mir am Morgen zum nächsten Händler, veranlasste die Verwertung des Schrottmobils und kaufte ein neues Auto, ein neues gebrauchtes, das gleiche, azurblau. Viel später habe ich erfahren, dass er dafür sein Sparbuch geplündert hatte.

10

Es gibt Wege, die lassen einen nicht los. Dieser hier ist so einer. Als würde mir der Wanderer erneut begegnen, als ließe sich alles wiederholen. So bin ich in den Thüringer Ackerpfad noch einmal hineingefahren, mit Blick auf die Ruine, die Burg des Grafen, des stolzen links und rechts Beweibten.

Und wieder ist es regnerisch, aber es ist kalt. In ein paar Tagen ist Weihnachten. Es geht wieder heim.

Hast du auch nichts vergessen, hast du alles wieder eingepackt? Den Rasierer, die Krawatte, den Wecker - die Batterie ist leer.

Im Autoradio *Jingle Bells*, zum wiederholten Mal, als wäre die halbe Welt mit bimmelnden Schlitten unterwegs. Doch keine Schneeflocke lässt sich blicken unter dem grauen Himmel. Aber mein Falke flattert, rüttelt und kreist über mir.

»Sag dem Grafen, man war vielleicht zufrieden mit dem kleinen Angsthasen«, rufe ich dem Vogel zum Abschied zu. Und als hätte mich der Falke

dort droben verstanden, als wollte er dem Burg-
herrn meine Botschaft sofort überbringen, stürzt er
sich nicht zum Acker hinab, fängt er sich keine
Feldmaus, sondern kehrt flugs zurück zur Burg der
Gleichen.

Niesel- und Nebelschwaden legen sich über die
Flur und lassen Bäume und Sträucher als mystische
Gestalten erscheinen. Ist es die gräfliche Familie,
sind es die Hirten auf dem Felde, »siehe, ich verkündige euch große Freude«, oder sehe ich Caspar,
Melchior und Balthasar, die Könige aus dem Mor-
genland.

Nun fahr weiter, sonst geht dein Pony noch völ-
lig mit dir durch.

Ob es die Christmette noch gibt, kommt es mir
jetzt immer weihnachtlicher, als ich mich in die
Wochenendschlange einreihe, heimwärts auf der
Autobahn, und an die kleine Kirche denke, damals
in Nordhorn, mit Mutters Schirm auf meinen Beinen, patschnass, und Händen wie Eis.

Als wir die Weihnachtsgeschichte hörten, als
meine Augen sich im Lichterglanz des Christbaumes verfingen und ein Engel in den Fresken des
Chores mich das erste Mal verzauberte.

Als Mutter aus ihrem Liedzettel, der nicht enden

wollte, kräftig mitsang, bis noch etwas Unerwartetes geschah. Klaus!

Als der Organist das letzte Lied anstimmte, ganz leise, und mein Bruder aufstand, mit ruhigen Schritten zur Empore hinaufging, sich vor der Orgel aufstellte, seine Blockflöte aus der Jacke nahm und, begleitet von sanftem Orgelklang, zu spielen begann: »*Stille Nacht, heilige Nacht ...!*«

Ich sah, wie Mutter Vaters Hand ergriff. Sie spürte, dass er mit den Tränen kämpfte.

Ein dicker Brummi rückt mir aufs Fell, hupt und blinkt, es geht ihm wohl nicht schnell genug. Gib Gas und überhol, du wirst mich nicht aus meiner Erinnerung vertreiben.

»*Stille Nacht, heilige Nacht, alles schläft, einsam wacht ...*«, Klaus spielt das Lied noch einmal, ruhig und sicher, vor dem Weihnachtsbaum voll brennender Kerzen, daheim.

Unter der silbern geschmückten Tanne verhüllt noch ein weißes Tuch, unsere Tischdecke für Sonn- und Feiertage, die Geschenke und aus der Küche strömt der Duft von Würstchen und Kartoffelsalat. Heiligabend.

Doch in den würzigen Duft mischt sich ein zweiter. »Der Baum brennt!«

Noch nie hat es eine kürzere Bescherung gegeben. Was früher in getragener Zeremonie feierlich gefeiert wurde, geschieht jetzt in Sekunden.

Vater reagiert am schnellsten. Im Nu wird das Tischtuch, das eben noch über den Geschenken festlich drapiert war, zur rettenden Löschdecke.

Jetzt gibt es kein Halten mehr. Ein Lederfussball drängt unter der Tanne hervor, rollt mir entgegen und die passenden Schuhe dazu, die mit den richtigen Stollen, fliegen vom Karton. Ein Parfümflacon in Zellophan mit Schleife bringt sich hinterm Baum in Sicherheit. Auch eine Krawatte, liebevoll verpackt in gold- und silberfarbig liniertem Weihnachtspapier, wohl passend zum Dessin des Binders, rettet sich aus der Gefahrenzone und findet Zuflucht unter restlichem Deko.

Eine Dampfmaschine mit glänzendem Kessel schien bereits schon unter Dampf zu stehen, doch der Brandherd, der den Qualm erzeugt hat, lag wohl im Gebälk, schmorte wohl im Dachstuhl unserer Weihnachtskrippe, unserer laubgesägten, nahe bei der Tanne aufgestellt, zu nah!

»Gerade noch mal gut gegangen!«, Vater gibt Entwarnung. Die Heilige Familie ist in der Krippe unversehrt, am Christbaum hat es nur zwei Kugeln erwischt und auch die sonn- und feiertägliche Löschdecke hat das Feurio mit wenigen Blessuren überstanden. Doch Vater ahnt noch nichts von einem weiteren feurigen Malheur an diesem Heiligabend.

Nur jetzt geht es erst mal um die Wurst, genauer um die Würstchen. Und die köcheln in der Küche lustig vor sich hin, sind doch die Heißmacher in der Aufregung glatt vergessen worden.

Und wieder drängelts hinter mir. Und wieder blinkt und hupt mich ein Brummifahrer an. Was weiß denn der von unseren Würstchen.

»Hoffentlich sind die Wiener nicht geplatzt«, Mutter befürchtet Schlimmes und ist in der Küche verschwunden.

Jetzt setzt er zum Überholen an. Ganz langsam kriecht der Truck an mir vorbei, hier an der leichten Steigung. Mein Pony wiehert.

»Vielleicht ist er vollgepackt mit Wiener Würstchen nebst Bock- und Bratwurstsenf«, zwinkert mir mein Pferdchen zu, da hätte man doch sehr lange was dran.

Am heimischen Herd sorgt Mutter sich noch immer um die Weihnachtswiener.

»Wenn das Wasser zu heiß ist«, ruft Vater in die Küche, »dann platzen sie!«

»Und wenn' s zu kalt ist, dann frieren sie,« feixen die zwei Jungs noch hinterher.

»Dass ihr auch ständig euren Senf dazugeben müsst!«, Mutter ist gar nicht zum Lachen. »Schaut lieber mal im Keller nach, ob noch ein Senfglas im Regal steht.«

Dieser Heiligabend scheint ein ganz besonderer zu werden. Ein Baum- und Dachstuhlbrand, vielleicht kein Senf im Haus und die Würstchen sind auch noch nicht gegessen.

Let it snow, let it snow, let it ...! Mein Autoradio strengt sich an, aber es hilft nichts. Nur lausiger Nieselregen, nur laut spritzende Reifen, die an mir vorbeiziehen, Truck an Truck.

Doch plötzlich ein Weihnachtsbaum, ein ganz kleiner, grellbunt leuchtend auf einem Armaturenbrett, hoch oben hinter mir in einem Führerhaus. Christmas on the Highway!

So langsam kriegen wir Hunger. So allmählich sollte die Küchentür sich wieder öffnen. Und endlich ist es soweit. Mit einem kleinen Ruck löst sich die Schiebetür aus der Raste und rollt zur Seite. Einem Bühnenauftritt gleich kommt Mutter heraus, hatte sich noch rasch der Schürze entledigt, die weiße Bluse nochmal glatt gestrichen und auch der Frisur noch einen schnellen Handstrich verpasst.

Wie eine Trophäe trägt sie die ovale Porzellan-
platte mit vier knackigen Würstchen - keine Beule
und kein Platzer - zum Esstisch, wo der sonn- und
feiertägliche Tischläufer wieder seiner Aufgabe ge-
recht wird und wie gewohnt einen gehobenen Ein-
druck macht, denn während eine der Blessuren
von dem Senfglas verdeckt wird, das wir gut gefüllt noch zwischen Vaters alten Farbdosen auftrei-
ben konnten, verstecken sich die übrigen Brand-
spuren unter dem Würstchenteller. Und der Ruß-
fleck daneben?

»Ulli, bring noch den Kartoffelsalat!«

Eigentlich könnten wir ja jetzt essen. Eigentlich,
denn der Tisch ist fertig gedeckt, Vater hat das Bier
eingeschenkt, Export für die Großen, Malz für die
Kleinen, »Herbert, pass auf, es schäumt über, unsere schöne Decke«, hatte auch noch eilig um den
Christbaum herum das aufgerissene Geschenkpa-
pier eingesammelt, nebst aufgefriemelter Kordeln
und Schleifen, und mit Wonne, wie es seine Art
war, zusammengeknüllt und schwungvoll in den
Ofen geworfen.

Aber etwas fehlt noch.

»Schmeckt es euch, Kinder?«, das fehlt. Wenn
Mutter das sagt, ist der Tisch eröffnet. Aber wie im-

mer meint sie »Kinder, lasst es euch schmecken!«
Schließlich haben wir ja noch keinen Bissen im
Mund.

Doch jetzt »Schmeckt es euch, Kinder?!« Nun
passt es, denn es schmeckt. Knackige Wiener mit
ordentlich viel Senf und einer großen Portion Kartoffelsalat. Hmm. Herrlich!

Aber, kommt es mir doch sofort, je schneller die
Würstchen verputzt sind, desto eher kann ich meine neuen Fußballtreter ausprobieren - der Ball
liegt auch schon auf der Lauer - und mein Bruder
seine Dampffabrik. Mutter wird stolz das Parfüm
aus ihrem Weihnachtsflacon auflegen und unser
Vater ... »Herbert, du könntest mal deine neue
Krawatte umbinden, zur Feier des Tages!«

Ja, wenn er könnte, denn die ist nirgendwo zu
finden. Ich weiß noch, dass wir das halbe Zimmer
auf den Kopf gestellt haben. Vaters Geschenk war
wie vom Erdboden verschluckt. Bis wir die Ofen-
tür öffneten. Zwischen verbranntem Weihnachtspapier glimmte der Rest der Krawatte.

Doch nun pass auf, achte auf den Verkehr, du bist
schon am Frankfurter Kreuz. Das ist kein Fankfur-
ter Kranz, auch wenn dein Sinn dir jetzt nach Sü-
ßem steht, nach soviel Würstchen und Malheur im
Kopf.

Ja, das Frankfurter Kreuz. Als ich noch ein Studiosus war, in den Siebzigerjahren, und so manches Mal mit Weib und Kind per wackeligem Gefährt mit sechzehn Pferdchenstärken einen österlichen Tripp nach Nordhorn unternahm, zum Frankfurter Kranz bei Muttern, übers Frankfurter Kreuz, verlief der Empfang stets nach festem Ritual: »Ja, Kinder, wo bleibt ihr denn?«

In gestärkter Bluse und frisch vom Friseur stand Mutter vor der Haustür. Da konnten wir zu früh oder zu spät kommen, immer empfing sie uns mit »Kinder, wo bleibt ihr denn?«

Kamen wir verspätet, reichten aber zwei Worte der Entschuldigung: »Frankfurter Kreuz!«

Nie haben wir dort in einem Stau gestanden, aber Mutters Vorstellung von diesem Verkehrsknoten waren gewaltig. Auch die Nachbarn, zu beiden Seiten, waren gut informiert, »zu Ostern kommen ja wieder unsere Kinder aus der Pfalz, übers Frankfurter Kreuz.«

So an jenem Ostersamstag, als die Nachbarschaft erneut gut über unser Kommen im Bilde war, nicht aber über die Mitreise von Ulrikes Zwergkaninchen. Der Mümmelmann unseres fünfjährigen Sprösslings war nämlich, bevor noch die Begrüßungszeremonie in der kleinen Reihenhausdiele beendet war, aus dem Reisekorb entwischt, durch die offene Terrassentür ins Freie gehoppelt und wohl schon auf Erkundungstour durch die nachbarlichen Gefilde.

Vater war der erste, der den Besen in die Hand nahm. Denn mit einem solchen bewaffnet, hatte er sofort die Jagd eröffnet, erteilte Order, in welche Gärten einzudringen und an welcher Nachbarstür zu läuten war.

Er schien nicht mehr zu bremsen. So hatte sich Vater noch nie gezeigt. Woher dieser Jagdinstinkt? Außer einem verfolgten Maulwurf war uns von ihm kein Jagdabenteuer bekannt. Es dauerte fast eine Stunde bis schließlich das Unternehmen erfolglos abgebrochen wurde, nachdem auch die Nachbarn, von links bis rechts, unsere Jagdgesellschaft mit Kind und Kegel unterstützt hatten, ohne Fortune, und Vater den Rückzug anordnete.

»Ja, Kinder, wo bleibt ihr denn?«, Mutter stand vor der Terrassentür und strahlte wie ihre Bluse, »Kinder, wo seid ihr denn?« Vor ihren Füßen, inmitten von ein paar Mohrrüben, kauerte Ulrike. In den Armen ihr Zwergkaninchen.

Der dunstige Nieselregen lässt etwas nach und sogar ein paar mutige Sonnenstrahlen trauen sich hindurch. Ein Regenbogen versucht sein Glück und überspannt für einen Moment die nassglänzende Fahrbahn, bevor er wieder in sich zusammenfällt.

So summen die Scheibenwischer weiter im Kanon mit den spritzenden Reifen der Trucks. Und manchmal ist es, als hörte man eine Melodie heraus. Aber der eine Ton fehlt, dieser hohe, dieses Schleifen der Räder, jenes metallische Singen, jener streichende Klang.

Der Kopf ergänzt es, sieht die Wupper, hört die Schwebebahn, hört die Violine des Gauklers.

G-Dur. Adagio. Mozart.

Warum Mozart, warum immer wieder Mozart, warum nicht Beethoven. Ohne Beethoven gäbe es dich vielleicht gar nicht. *Für Elise*, Mutter hörte es durch die Tür, damals in der Reichsgrafenstraße. Beethoven. *Für Elise*. Herbert!

Warum hatte unser Vater später nie mehr gespielt. Ein Klavier hätte sicher noch Platz gehabt in unserem neuen Reihenhäuschen, in Nordhorn.

Natürlich hätte man zum Weihnachtsfest den Christbaum etwas nach vorne rücken müssen, die Krippe ein wenig nach rechts und das Klavier nicht zu weit nach links. So hätte Mutter auch die Wohnzimmertür noch weit genug öffnen können, wenn das erste Mittwochskränzchen unter allerlei Hallo und »Oh, ein Klavier« mit vornehmer Neidblässe zum Kaffeetisch gedrängt wäre.

»Herbert, spiel uns doch mal die *Elise*«, hätte man dann Mutter stolz vernommen, während Vater mit einem Strauß bunter Rosen im Arm, verlegen lächelnd, »die ersten aus unserem Garten«, ins Zimmer getreten wäre.

Ich sehe ihn ans Klavier gehen, sehe, wie er die Blumen behutsam auf dem Piano ablegt, aus dem Bund noch einige herauslöst und jeder Dame eine Rose überreicht, »oh, wie reizend«, »das ist aber nett«, »und wie romantisch«, ... »aber Herbert«, bevor er den Klavierdeckel öffnet und die Noten richtet.

Aber dieses Notenblatt, das ist nicht *Elise*. Mutter erkennt es sofort. »Herbert!«

Ta-ta-ta-taaa, springen die Finger über die Tasten.

»Herbert, *Für Elise!*«

Und wieder *Ta-ta-ta-taaa*. Vater dreht sich zu den Damen um. Er lacht.

»Das ist doch, das ist doch ...« rätselt die erste am Kaffeetisch.

»Beethoven!«, ruft Vater in die Runde. »Auch das ist Beethoven, Ludwig van Beethoven.«

»Das ist doch seine *Fünfte*«, glaubt die zweite zu wissen.

»Welche Fünfte?«, fragt die dritte, die schlecht hört. »Beethoven war doch nie verheiratet.«

»Die *Fünfte Sinfonie*«, ergänzt die zweite. »Ludwig van Beethoven mit der *Fünften Sinfonie*«, und trommelt auf den Tisch, während Vater wiederholt den Auftakt intoniert *Ta-ta-ta-taaaa*, und plötzlich klopfen alle, dass die Tassen wackeln.

»Welch eine schöne Sinfonie«, sind sich die Damen einig und Mutter schaut noch einmal in die Runde: »Kaffee?«

Derweil Maestros *Fünfte* den Damen weiter in den Fingern kribbelt, sehe ich Vater noch einmal zum Klavier gehen, sehe wie er sich setzt und die Hände ruhig auf die Tasten legt. Als er zu spielen beginnt, wird es still am Tisch und Mutter tupft sich heimlich eine Träne weg.

Ludwig van Beethoven. *Für Elise!*

Und wieder taucht ein kleiner Christbaum hinter mir auf, bunt leuchtend, unter dem es hupt und dauerblinkt.

»Den Rest meiner Strecke werde ich gemütlich herunterfahren«, würde ich dem Trucker gerne zuwinken, aber er schaut nicht herüber, als er vorbeifährt, gefolgt von einem Reisebus, der es sicher noch eiliger hat und dem Weihnachtsbrummi tüchtig einheizt.

Hinter den Scheiben sieht man ausgelassene Schlachtenbummler, die wohl vom letzten Feldgetümmel siegreich heimkehren, mit breitgestreckten Armen lange bunte Schals schwenken und das gewonnene Match ausgiebig feiern.

Mit gleichen Fanartikeln, nur ein paar Nummern kleiner, tobt eine Handvoll Kinder auf der Rückbank des Fahrzeugs. Sie winken durch das Heckfenster, als ich hinter ihnen entdeckt werde. Da gehen die Köpfchen auf und ab und hin und her, schemenhaft wie in einem Schattentheater, im abendlichen Dunkel der Autobahn.

Der kleinste der Horde, ein kesser Knirps, taucht immer wieder seitlich weg, bevor er sich erneut in der Mitte zeigt und lachend seinen Vereinsschal gegen die Scheibe drückt.

»Ich war dabei«, wird er später seinen Kindern erzählen. »Als wir die große Fussballschlacht geschlagen haben, war ich mitten dabei!«

Seinen kleinen Schal wird er von der Wand nehmen und seinem jüngsten Spross über die Schulter legen.

»Pass immer gut auf dich auf«, wird er sagen, während er ihm über die Wange streicht.

Wie Vater damals, frühmorgens an jenem Winterwochenende, als ich ängstlich und schüchtern in den Bus einsteige, den Mannschaftsbus meines Fußballvereins: »Ulli, pass gut auf dich auf, und wenn ihr aussteigt, vergiss deine Mütze und deine Handschuhe nicht, es ist Schnee gemeldet, und komm, die Jungs dort drüben haben wohl auch eine Mitfahrt gewonnen.« Vater geht mit mir auf drei junge Burschen zu, die sich lässig an den Bus lehnen, alle einen Kopf größer als ich. Wie immer, immer sind alle einen Kopf größer.

»Na, junger Mann, haste auch was gewonnen?«, grinsen sie. Warum musste ich denn auch mitmachen bei diesem Wettbewerb. Hätte Vater nicht die Durchsage gehört, kürzlich beim Heimspiel unserer ersten Mannschaft, wüsste ich vielleicht gar nicht, dass ich diese Reise gewonnen habe.

»... Glückwunsch auch an den jüngsten Preisträger, zwei neue Mitglieder hat er für unseren Verein geworben ...«, hatte es im Stadion über die Ränge getönt, nur nicht bis in meine Ohren. »So geht es ja ständig mit dir«, höre ich Mutter noch schimpfen. »Immer wenn etwas sehr wichtig ist, hörst du nicht hin oder du bist auf dem Klo.«

»Den Kleinen hier nehmen wir an die Leine«, versprechen die drei Burschen, als der Fahrer zum Einsteigen aufruft. »Der geht uns nicht verloren.« Und schon sitzen vier preisgekrönte Jungs, drei große und ein kleiner auf der Rückbank des Mannschaftsbusses, und auf geht' s zum Ligaspiel an die Elbe.

»Wie alt bist denn du?«, geht es schon los, kaum dass der Bus die erste Kurve genommen hat.

»Elf«, flüster ich, eingezwängt auf der Rückbank.

»Und was willst du mal werden?«

»Groß!«

Verhaltenes Lachen, und meine drei Großen erscheinen mir plötzlich ganz klein.

Weiter so. »Verschaffe dir Raum!« hatte doch auch dein Trainer gefordert. »Du musst es in die Hand nehmen, dem Gegner musst du dein Spiel aufdrücken, den Ball dicht am Fuß führen und halten. Wenn du nicht durchkommst, das Leder kurz zurück, neu formieren, und eine andere Lücke suchen. Aber nicht ins Abseits laufen. Ständig stehst du im Abseits!« Wenn ich das nur kapieren würde.

Auf der Gegenfahrbahn staut sich was zusammen, sehe ich. Truck auf Truck, und wieder mit so manchem bunten Bäumchen hinter der Windschutzscheibe. Weihnachten rückt näher.

Schaue lieber nach vorne, da tummelt es sich auch. Dein Engel ist vielleicht nicht immer im Dienst.

»Und dein Pony will auch nicht unter die Räder kommen«, meldet sich mein Pferdchen mal wieder. »Ja, ich werde mich nun konzentrieren, aber unsere Fahrt nach Hamburg geht mir nicht aus dem Kopf.«

Es nickt.

»Und wenn du mal groß bist, was willst du dann mal sein?« meine drei Mitfahrer bleiben dran.

»Pilot«, sage ich schnell, weil mir nichts anderes einfällt. »Wenn ich auf der Penne fertig bin, werde ich Pilot.«

»Und wenn du vorher runterfliegst, hast du ja schon mal geübt«, kommt es fröhlich lästernd.

Wenn ich nur schon mal drauf wäre. Aber das geht die drei hier nichts an, andere schaffen es auch nicht gleich.

Und sieh, dass du jetzt an den Ball kommst und das Spiel übernimmst, sonst bohren die endlos weiter, wollen am Ende noch wissen, was so ein kleiner Schlachtenbummler wohl alles im Gepäck hat.

»Hast du auch deinen Teddybär im Campingbeutel und ein Herzchen von deiner Freundin drin?«

Hab ja keine. Mit der Svenja, das war nix, nur Puppenkram, aber die Eveline, die mit dem Pferdeschwanz, bei uns um die Ecke, drei Häuser weiter, da kriege ich Herzklopfen, wenn ich sie sehe.

Einmal habe ich sie beim Baden getroffen, im Sommer, draußen an der Vechte, wo der Fluss dieses Sandufer hat. In ihrem roten Badeanzug stach sie alle aus.

Und dann war sie plötzlich verschwunden. Ich habe sie nur noch auf ihrem Fahrrad wegfahren sehn.

Inzwischen ist es hell geworden und unser Bus stochert weiter durch den norddeutschen Frühnebel. Erste Schneeflocken klatschen an die Scheiben. Vater hatte recht, »denk an Mütze und Handschuhe!«

Hab ich, Vati, ist alles im ..., oh nein, die liegen zuunterst im Beutel. Wenn ich die anziehe, lässt mich meine Eskorte im Stich, die Mutti hat doch wieder so eine herzhafte Stulle draufgepackt.

Wie komme ich dann ins Stadion, wo finde ich dann meinen Platz?

Ich kam ins Stadion. Ich bekam auch meinen Platz. Meine Begleiter hatten mich nicht im Stich gelassen. Als der Bus vor der verschneiten Sportanlage angekommen war, hatten sie mich wachgerüttelt und an die Leine genommen.

Mein Pony wird ungeduldig. Auch die Tanknadel bewegt sich bedrohlich nach links, aber es muss

101

reichen. Nach Hause sind es nur noch ein paar Kilometer, ein paar Kilometer für einen kleinen Rest der Erinnerung: Wie unser Mannschaftsbus sehr spät am Abend wieder in Nordhorn ankam, Vater schon lange auf mich wartete, und, nachdem ich hinter meinen drei treuen Beschützern ausgestiegen war, er mich in den Arm nahm und über den Kopf streichelte.

»Wie war' s?«, fragte er nur.

»Kalt, Vati!«

Dass unser Team in Hamburg verloren hatte, wusste er längst aus dem Radio. Er fragte nicht weiter und ich war viel zu müde, noch etwas zu erzählen.

Kaiserslautern. Ich bin wieder in Kaiserslautern, fahre vorbei an dem hohen Rathaus, vorbei an der Burg Barbarossas, sehe gleich in der Ferne das Stadion auf dem Betzenberg. Und ringsherum leuchtet und funkelt es weihnachtlich.

Daheim!

»Du kommst aber doch ziemlich spät heute aus Thüringen«, begrüßt mich Heidi und drückt mich ganz fest.

»Von Hamburg her da war' s doch ziemlich verschneit«, sage ich. »... und dann dieser Stau!«

»Am Frankfurter Kranz ... nein, Kreuz?«

Wir lachen … und schauen uns an: »Hat hier nicht eben ein Pferd gehuft?«

Mein Pony!

Aber das behalt ich für mich.

Titelbild
- Ulrich Schulz
Franfurter Kranz, Illustration. 2024

Literaturhinweis
- Rudolf Herzog
Der Graf von Gleichen, Roman. 1901

Musikhinweise (Quelle: Wikipedia)
- Wolfgang Amadeus Mozart
Violinkonzert Nr. 3, G-Dur, 2. Satz, Adagio, KV 216. 1775
- Ludwig van Beethoven
Für Elise, A-Moll, Klavier. 1810
- Wolfgang Amadeus Mozart
Klaviersonate, C-Dur, Thérèse, KV 296. 1778
- Martin Luther
Vom Himmel hoch, da komm ich her. 1534
- James Lord Pierpont
Jingle Bells, 1850/1857, erste Tonaufnahme auf Edison-Zylinder. 1889
- Josef Mohr, Franz Gruber
Stille Nacht, heilige Nacht. 1816/1818
- Sammy Cahn, Jule Styne
Let it snow. 1945
- Ludwig van Beethoven
5. Sinfonie, C-Moll, op.67. 1807/1808